外国经典诗歌珍藏丛书

华兹华斯诗选

柳鸣九 / 主编　王忠祥 / 编选
杨德豫　楚至大 / 译

时代文艺出版社

图书在版编目（CIP）数据

华兹华斯诗选 / (英) 华兹华斯著；王忠祥编选；杨德豫，楚至大译. — 长春：时代文艺出版社，2020.4
（外国经典诗歌珍藏丛书 / 柳鸣九主编）

ISBN 978-7-5387-6219-8

Ⅰ. ①华… Ⅱ. ①华… ②王… ③杨… ④楚… Ⅲ. ①诗集－英国－近代 Ⅳ. ①I561.24

中国版本图书馆CIP数据核字（2019）第280064号

出 品 人　陈　琛
产品总监　邓淑杰
责任编辑　刘瑀婷
封面绘画　刘星宇
装帧设计　孙　利
排版制作　隋淑凤

华兹华斯诗选

[英] 华兹华斯 著　王忠祥 编选　杨德豫　楚至大 译

出版发行 / 时代文艺出版社
地址 / 长春市福祉大路5788号　龙腾国际大厦A座15层　邮编 / 130118
总编办 / 0431-81629751　发行部 / 0431-81629755　北京开发部 / 010-63108163
官方微博 / weibo.com / tlapress　天猫旗舰店 / sdwycbsgf.tmall.com
印刷 / 三河市万龙印装有限公司
开本 / 880mm × 1230mm　1 / 32　字数 / 298千字　印张 / 13.375
版次 / 2020年4月第1版　印次 / 2020年4月第1次印刷　定价 / 50.00元

图书如有印装错误　请寄回印厂调换

编者、译者简介

王忠祥

1931年7月生于湖北省武汉市。1949年—1953年就读于华中师范学院（今华中师范大学），毕业后留校任教。1954年—1956年，在北京师范大学“进修部”穆木天教授指导下攻读世界文学专业，结业后返校，主讲外国文学史和欧美文学等课程。1972年—1974年，参加华中师范大学英语系翻译组工作，参译英文本《挪威简史》《丹麦王国史》，以及联合国安全理事会部分会议材料。1986年晋升为教授，主讲本科生、研究生（硕、博）不同类型的多种外国文学与比较文学方面的课程。1986年—2003年，受聘为国家哲学社会科学研究规划外国文学学科评审组成员。曾任中国外国文学学会副会长、湖北省外国文学学会会长、湖北省翻译协会理事、华中师范大学英美文学与

比较文学研究 所所长、《外国文学研究》（1986—1998）主编等。出版专著，主编、参编、参写的学术著作多种，如《外国文学教程》（上中下）、《外国文学史》（1—4册）、《建构文学史新范式与外国文学名作重读——王忠祥自选集》《莎士比亚戏剧精缩与鉴赏》《外国经典作家研究丛书·易卜生》《易卜生文集》（8卷本，编撰、校订）等，发表莎士比亚研究、易卜生研究、中外文学比较研究的系列论文及其他作家作品专论200多篇。2011年4月，被湖北省外国文学学会授予“外国文学研究终身成就奖”。

杨德豫（1928—2013）

著名翻译家，中国作家协会会员，中国翻译工作者协会理事，中国现代格律诗学会理事，在英诗汉译方面业绩卓著，有多种译作问世。

楚至大

著名翻译家，华南理工大学教授。

英国诗坛上的“风景画家”华兹华斯（序）

王忠祥

威廉·华兹华斯（William Words worth1770—1850）为英国浪漫主义诗歌、诗学及其发展奠定了坚实而恒久的基础，在湖畔派诗人中成就最大，贡献特多。可以认同普希金如此妙评，他是“第一个偷到维纳斯腰带的诗人”。所谓“维纳斯腰带”，指的是诗歌创作的灵性感悟和才艺奥秘。维多利亚时期诗人评论家马修·阿诺德（1822—1888）的高见值得关注，他在国人尚未确认华兹华斯是英国浪漫主义诗人中成就最高者时（19世纪后期），就特意编选了一本《华兹华斯诗歌》（1879），编选者非常欣赏其中颇有创新意义而语言通俗平民化的优美抒情篇什。其实，阿诺德早已与华兹华斯诗心会合，萌发通感。他凭借务实求真的客观性原则，毅然评定华兹华斯是英国诗人中继莎士比亚与约翰·弥尔顿之后最伟大的诗人，其所以伟大，首先表征于那些开启一代新型诗风的“歌谣抒情诗”：语言自然而质朴，情感真诚而深厚，想象丰富而升华；重在“由爱自然进而爱人类”的诗性创意，理所当然，也不排斥文学的教化性意识。

一

1770年4月7日，威廉·华兹华斯出生在英国北部湖区昆布兰郡的一个小村庄科克茅斯地方律师的家庭，排行第二，他的父亲是约翰·华兹华斯，他有一个哥哥理查德·华兹华斯，还有一个妹妹多萝西·华兹华斯和两个弟弟。幼年的华兹华斯承受过母亲“顺其自然”的教育，并在安妮·贝克特学校生活一年（1776—1777）；1778年八岁时丧母，1783年十三岁时丧父，很早成为孤儿，与兄弟等五人由亲戚抚养成人。

1778年或1779年（丧母之后），华兹华斯被监护人送往离家二三十英里的豪克斯海德小镇的一所寄宿的文法学校接受中小学教育。这里地处湖区之内，奇花异草，漫山遍野，湖光山色之间，任意徒步徜徉，秀丽而壮观的大自然摇篮培养了少年人的诗性。在豪克斯海德文法学校近十年的学生生活中，华兹华斯不仅常和同学分别短期组合寄宿在当地居民之家，与农夫牧人为伴，而且不乏爱好诗歌的校长爱德华德等师辈人物的教诲，继童年时代而进一步读解背诵斯宾塞、莎士比亚、弥尔顿的文学创作。据华兹华斯传记材料记载及诗人晚年的回忆，他最早创作的一首长诗是颇有蒲柏风韵的万行赞美诗（1784），而创作最初发表的诗作却是《黄昏漫步》（一说写于1786年或1787—1789年）。当他即将离开豪克斯海德文法学校时，在一首诗的“结语”中深情地咏叹“挥别”故乡和师友时的体验，不管此后足迹之行何地，路程多么遥远。眷恋的目光不断，深切思念之情永存。

1787年，华兹华斯获得舅父的支持，进入剑桥大学的圣约翰学院。在这里，他对“大学里贫乏的课程”不感兴趣，“不曾爱过”（《序曲》第三卷）。但是，在四年大学学习生活的过程中，却熟读并研究了大量的文化、文学经典作家作品，尤其是古希腊、罗马文学和英、法、德等国的古典文学作品，以及18世纪欧洲启蒙思想家的论著。此外，他还认真学习了法语、意大利语和西班牙语。这一时期，在18世纪诸多启蒙思想家、文学家中，华兹华斯特别喜爱、崇敬法国的雅克·卢梭，深受其“返回大自然”理论和“人生来是自由的”的“社会契约论”（1762）的影响。这些影响，在诗人日后的创作文论中日益彰显出来。1790年暑假（获取文学学士学位前一年）华兹华斯和他的同学徒步游览时，恰巧时逢并目睹了法国人民欢庆攻陷巴士底监狱一周年（1790年7月14日）纪念的情景。华兹华斯和所有善良正义而向往自由的欧洲人一样，内心充满了同情法国革命带来了人间自由之期待，大自然熠熠生辉光照大众，此情此景闪现在他的第一部诗集所收入前文提及的《黄昏漫步》，以及《景物素描》（1793）等诗歌创作中。

1790年暑假和1791年大学毕业后，华兹华斯开始走向法国时，内心真实地感到法国革命符合自己追求人性完美的理想，就像他在《序曲》第十卷以追忆的笔墨所描绘的那样，作为“一个年轻的朝圣者”目睹花环和欢乐的面孔、喜庆非凡的街道，“进一步证实自由胜利的壮观”（《序曲》第十卷493—496页），他希望随着法国革命车轮前进，将会建立他所理解的“理性王国”。1791年11月，他第二次去法国，并且居留下来，和法国姑娘安耐特·伐隆恋爱，1792年12月他们的女儿卡诺琳出生。1791年11月—1792年12月，法国革命发展到一个新的阶段，许多激化的重大事件出人意料，华兹华斯颇有“事与愿违”之感。对法国革命的失望和“理想王国”期待的幻灭折磨着诗人，从而引发他长达多年（1793—1798年）的危机感应和痛苦考验，一直到1795年与柯尔律治会晤才转入新的佳境。

1792年末，正当华兹华斯在巴黎沉醉于革命者“自叹、平等、博爱”宣传口号的热烈激情向往时，为了筹款居留法国而暂返英国。接下来，一连串出乎华兹华斯意料的恐怖事件发生了。失势的法王路易十四被革命者送上了断头台；激烈的雅各宾党人上台，镇压了温和的吉伦特党人，其中包括与诗人有深厚友情的吉伦特派朋友；英国政府公开敌视法国并对法宣战，高度压制亲法的进步言论；还有拿破仑野心勃勃，执政后连续不断向邻国发动扩张侵略战争。依华兹华斯之见，这种法兰西革命变奏的现实社会，不能不使人大失所望而深恶痛绝，于是全身心投向大自然怀抱，寄情山水，作诗解忧。但这样的表现未必走向消极浪漫主义，逃避现实而抛弃理想。何以见得，《序曲》第十一卷“居留法国续完”、诗作《索尔兹伯里平原》初稿（1793）、剧作《边界人》（1795—1796）等均可为证。

华兹华斯在1792年以后，由于欧洲政治风云多变，产生理想幻灭之感，忧郁不乐，痛苦不堪。此外，在1793年1月，他因财源枯竭而悄悄离开爱人返回英国后，并无固定职业，陷于经济困境，虽然因有人帮助而有所缓解，但经济方面的拮据使他不能及时到法国与爱人团聚，深感内疚。为此，华兹华斯的苦恼“危机”是多重性的：法国革命的“变奏”、与爱人重聚的希望黯淡、依靠别人施舍并非长远之计……理所当然，大自然风光和人性审美使华兹华斯逐渐康复过来。诗人在诗文中多次表明聪颖温情的妹妹多萝西（终身未嫁）是他的精神支柱和诗作的热情鼓励者。1795年6月多萝西陪同华兹华斯移居塞特郡农村，从此长期生活在一起。同年9月，兄妹俩和柯尔律治结识会晤。两诗人彼此钦慕，一见如故，经常来往，关于诗作、诗学是他们经常谈话的主题。他们合作写诗，1798年出版了在英国诗歌史乃至世界诗歌史上颇有推陈出新意义的《抒情歌谣集》。至此，华兹华斯逐渐恢复了写诗论文的劲头，在大自然怀抱中变过去创伤忧虑为写作诗歌的动力。从此，华兹华斯的诗歌创作进入了辉煌璀璨的十年（1798—1807）。一般把诗人此前诗作阶段称为早期，那么，这十年可说是诗人创作的中期了。在这十年里，诗人诗兴大发，创作高产时期纪录频频出现。许多重要诗歌连续问世。据有关传记记载：1801—1803年，写诗四十首，其中三十八首发表于1807年；1804—1805年，写诗十五首，其中八首发表于1807年；1807—1808年写诗三十首，其中二十八首发表于1807年。

创作于1799—1805年之间的长诗《序曲》，共十四卷（章），如诗人所说，这是“一个诗人的心的成长”的“自传诗”，确可称为“新的诗歌品种”，一种用韵文写作的“文学自传”（王佐良：《英国浪漫主义诗歌史》），甚至可作为光辉十年诗作中的“重中之重”。这里还得顺笔交代，诗人逝世后不久，1850年问世的《序曲》实际上是修改稿，其1805年完成的《序曲》初稿迟至1926年才由英国学者塞林可特经过考证后予以发表。

据苏文菁编译的“威廉·华兹华斯生平与时代大事年表”（载《华兹华斯诗学》附录三）的专项统计，在光辉的十年创作高峰时期，诗人写作诗歌近二百首，同时期发表一百六十一首。在这一时期就思想内容和艺术表现而言，诗人创作了不少可以充实世界诗学史的名作，堪称符合“恒久定律”基本原则：不满足一时拥有，而执着追求天长地久。写作于1798至1807年这十年间的许多抒情诗，有收入《抒情歌谣集》的《我们是七个》《早春命笔》《劝导与回答》等。此外，写于或正式问世于这一时期的令人难以忘却的名诗，除开浓重抒情的自传性长诗《序曲》（1799—1805），还有语言清新、意境恢宏、寄情深切的《我曾在陌生人中间作客》《致蝴蝶》《致杜鹃》《为威尼斯共和国覆亡而作》《致图森·路维杜尔》《弥尔顿呵，你应该活在今天》《孤独割麦女》《永生的信息》等。就在辉煌十年时期的末年，即1807年，华兹华斯还出版了两卷诗集，遭受当时《爱丁堡评论》的攻击，对其平实语言和情感中见真理的诗风予以冷嘲热讽，贬斥为令人费解的“哑谜”。诗人在这十年里的诗作获得丰硕的成果，显而易见，受惠于大自然的恩赐，当然还有周边亲人、友人之间情感与文心的调适。

光辉十年过去后，华兹华斯走进晚期创作时期。1808年，华兹华斯访问伦敦之后，举家迁往阿兰—班克，1811年又举家迁往瑞克托瑞。在1810年，华兹华斯和柯尔律治关于诗歌艺术及其他问题争议颇多，关系急剧淡化，到1812年两诗人和好。1813年，华兹华斯通过良斯岱尔爵士谋得威斯特摩兰印花分发局局长的职位，有年俸500镑的优厚待遇，当时许多进步人士对其作为表示不满，雪莱在《致华兹华斯》一诗中，批评这种政治妥协行为令人遗憾。究其实际，华兹华斯也有难言之苦衷。旅行创作和养家活口不是毫无冲突的，当然更重要的还有关于法国革命进展的异议。依他之见，法国革命变奏源于高层党派人物政治欲望（权欲）无限膨胀，而自然人性迅速丧失。与好友的淡化，诗作受到德·昆西等恶评以及一对儿女（托玛斯与凯撒琳）的夭折，也使诗人情绪低落沮丧，这一切对创作热情不无影响。从1808年到1814年，写作诗歌约四十首，大部分发表于1815年；继续创作并出版长诗《漫游》（1809—1814年，收入《隐居》内）。此外，值得提及的是还发表出版了《论墓志铭》《湖区风景记》等作品。就总体而言，与此前（即光辉十年）

比较，量与质显然有距离，呈现了走下坡路之势。

西方的英国文学史家一般认为，华兹华斯的诗歌创作才华，经过辉煌时期之后逐渐呈现弱势，从现象上看，如此的估量有其道理，可以认同。1808年以后，即使是1814年完成并出版的《远游》，也无法和过去的《序曲》（1805）媲美，特别是在诗艺形象的审美意蕴方面。美国芝加哥大学的英国文学史教授莫狄和勒樊脱合著的《英国文学史》就明白指出：《远游》问世以后，“华兹华斯的天才迟钝，很少再产生出第一流的诗歌”。其实，如上文所说，这种趋向从1808年前就初露端倪了。似可进一步思考：诗人进入1808年之后，以及当时政治风云多变莫测，引发许多反思意见。其中重点在于法国革命的发展，一直到1850年逝世，是其生活创作的第三时期。这一时期的前几年即1808年至1815年可作为前段，此后可作为后段；前段带有一定的“过渡性”，后段则明显地转入衰退的势态。还可以1815年作为前后阶段的分界线。1815年，诗人确实发表了不少诗作，但绝大部分是过去写作的，为此，可将1815年划为第二阶段之开端。1831年，华兹华斯访问司各特，进行诗心交流；在高地旅行，并在创作中有所追溯；这一年，还继续修改《序曲》。

在19世纪30年代，尤其是1835年以后，华兹华斯虽未完全停止创作，但诗作数量锐减，越来越少名作问世，1842年，他从印花分局局长职务上退休仍有丰厚年薪（因“特别贡献名人录”而获得）。1843年，骚塞逝世，他又被选为“桂冠诗人”。1846年，他当选为爱尔兰皇家学院院士，次年在参议院朗读《就职颂歌》。1850年华兹华斯与世长辞，时年八十岁。诗人一生的坎坷经历和“思与诗”的发展道路，是他心路历程的记录：无论社会政治风云如何变化，抑或人我关系及处境多么繁复艰难，他始终对大自然有深厚的感情，热爱大自然及其孕育的一切生灵，重中之重当然是那些更接近大自然的平凡人。华兹华斯为人类留下了丰富的开创新风韵的浪漫主义精品和启人睿智的诗学理论，其审美意义和超前意识与时俱进，值得后世一代又一代人永无止境地读解和深究。

二

巡视华兹华斯的似水年华，他的生活历程和创作道路确实与英国工业革命（18世纪60年代至19世纪40年代）及法国资产阶级革命（1789—1794）结了不解之缘。所谓“不解之缘”除了意指诗人是“两大革命”及其后果的见证人之外，还有如此重大含义：英国浪漫主义文学本身实际上是“两大革命”的产物，作为“湖畔派诗人”的领军人物华兹华斯，其生活与创作自然会受到时代和环境的影响。无可讳言，诗人关于大自然和社会发展的感悟的载体，呈现为各时期的诗作或著述形式，这是经过诗化、艺术化的，自有其多维视野和多元代码。从华兹华斯生活与创作各阶段的讲述中，不难见出“两大革命”的正负影响（和其正兼及反）。不过，其载体所随之影响凸显了极为复杂的态势，有时甚至带有引人进行反思性的特异功能。因此，切忌“按图索骥”，以致顾此失彼读解诗人的诗作、诗学，务必在切实、整体把握并深入悟解华兹华斯生活与创作的特性的基础上，充分运用唯物主义历史观和辩证唯物主义方法论精细研讨诗人诗作、诗学，这乃是必由之路。经过反复思考，认真而周密地审视中西不同文化语境中的华兹华斯评论与研究，我以为诗人的诗歌创作连同诗学理论的思想意义和艺术成就，可从其自然观诗化并结合人性论切入，并链接他的情理观、想象观、语言观以及题材运用等方面，予以分类综合探究与评说。

首先，大自然陶冶诗心与人性的融会贯通。华兹华斯在大自然的摇篮里成长，又在大自然学园培育下壮大。诗人受惠于大自然，理所当然对大自然怀有深厚的情感。于是，华兹华斯积极写作诗文讴歌湖光山色、日月星辰、自然风貌，抒发出自心灵的热爱、崇敬之真情实感。著名艺术评论家罗斯金赞誉他是“那一时代”英国诗坛上的“风景画家”，此言不谬。

华兹华斯的诗歌创作丰富多彩，品种较多，主要是抒情歌谣、叙事诗、十四行诗等。其中，最能表现诗人诗作之新意和新风韵的是数量最多的是抒情诗；其艺术水平最高，世界影响广泛而恒久。显然，这与诗人敏感的诗心串联起来的自然、人性、神性、理性“四合一”有内在的紧密关系。何以见得？有诗为证。比如，《无题》“我一见彩虹高悬天上”（亦可译作《虹》或简称《虹》，1802年），表白诗人“一世光阴”（童年—成人—老年），“自始至终贯穿着对自然的虔敬”。

依诗人的心灵感应和理解，自然、人类乃至一切“快乐的生灵”（蝴蝶等）同属宇宙，而蝴蝶象征的生灵是人的童年经历的见证人，由此三者（自然、生灵、人类童年）组成了和谐幸福的“家园”（《致蝴蝶》，1802）。两首诗都从自我童年关于自然观感的体验，提升到人类童年时代的辨识。人类发展走向——从热爱自然到眷恋童年时代，重返自然人性。据此而结合《永生的信息》（1802—1804）思考，诗作里“显”和“隐”交织出现的自然、神性、人性和理性并不总是对峙的，而是彼此调适。话说到此，自然联想《抒情歌谣集》序言中有关诗论，“一切好诗都是强烈情感的自然流露”，写诗切忌在“功利主义”指导下的“专题”先行，但并非弃绝思考，“序言”中多次强调情感自然流溢与“沉思”提升的互动关系，其用意不言而喻。诗人为此作过解释，他认为诗人既具有“非常的感受性”，又“深思了很久”，这是“因为我们的思想改变着和指导着我们的情感的不断流注，我们的思想实际上是我们以往一切情感的代表；我们思考这些代表的相互关系，我们就发现什么是人们真正重要的东西，如果我们重复和继续这种动作，我们的情感就会和重要的题材联系起来”。诗人创作于法国革命（攻陷巴士底监狱）近十年后的《早春命笔》还有更深邃的现实意义；也许在理性地肯定其博爱理想之外，又以疑虑之笔墨诘难“理性偏执狂”导演的包括拿破仑其人其事在内的各种权势之争。诗人歌唱群花自由开放，鸟雀自由玩乐的自然生态，鸣奏出“千百种乐音交响，面对如此美好物象”，却“不禁忧从中来”！因为现实社会越来越远离十年前曾追求过的理想，党派之争日益严重，各种战乱继续不断，陷于困境的平民大众无宁日。可见诗人坚决反对这样的损害人性自然和自然人性的“理性主义”。华兹华斯的抒情诗歌谣蕴涵着生态意识，与其生态诗学的基调合拍。诗人描绘儿童心灵与自然人性的亲缘关系，或抒写自然培育人性向善，或倾吐热爱大自然，并链接热爱人类之情，甚至注入人的精神使之融为一体之佳作甚多，比如《我们是七个》（1798）、《劝导与回答》（1798）、《转折》（1798）、《廷腾寺》（1798）、《威斯敏斯特桥上》（1802）、《水仙》（1804），以及长诗《序曲》中的“轻柔的风带着良好的祝愿”（第一卷）、“宇宙之间的智慧和精神啊”（第一卷）、“‘大自然’的‘灵魂’！卓越而美丽！”（第十二卷），等等。诸如此类，可以《廷腾寺》为代表。《廷腾寺》是华兹华斯的新情诗杰作之一，是展示了诗人浪漫主义诗歌风韵的艺术精品。这首名诗意境幽深，情感真挚，同时也显示了诗人创作的心路历程与诗学“情理观”的思辨特征。

《廷腾寺》和《鹿跳泉》这一类来自激烈情感深处而又自然流露的佳作，完全符合诗人在前后“序言”和“附录”中所宣讲的诗学原理，实际上并非得助于所谓“神性”“神力”，如诗人诗学所强调，诗人才是诗歌创作的“主体”。华兹华斯的大量的抒情诗，包括抒情性浓郁的叙事诗，可以说是诗人诗心和自然强力结合的精品。从某一视角观察，其中相当多的抒情诗歌可以纳入“生态诗歌”之列，而这样的诗作和诗人的生态诗学有互照互动的关系。

其次，赞颂革命和自由，反抗压迫和侵略。如前文所评述，华兹华斯的诗歌创作特别是我们已知道的精品，凸显了诗人诗学的精髓，确实是“强烈情感的自然流露”，但务必注意，这里的情感应源自从热爱自然到热爱人类的诗心旅行历程，如同《序曲》第八卷的标题所示，“回顾——由爱自然而爱人类”。由此深究，强烈的情感并非“自然先知”之产品，而与“良知”结下不解之缘（理性的道德感），这里似可举证《责任颂》（1804）一诗中将“责任”比喻作“‘上帝之声’的严峻的女儿！”诗人从这样的情理观出发，创作不少令人津津乐道的所谓“政治抒情诗”。新中国成立以来，尤其是从20世纪70年代与80年代之交到两个世纪之交，一系列高校外国文学课程教材及其同类论著中，关于华兹华斯的这一类抒情诗基本评价大多数是“先扬后抑”（以支持或怀疑法国革命与民主运动为主要标准）。

如何评论华兹华斯丰富的抒情诗宝库中一部分涉及法国大革命、民族独立和自由以及与此相类的诗作，确实是华兹华斯研究和教学中无可回避的重大的难题，甚至可以此作为21世纪的学术前沿课题深入探讨。与其说“政治抒情诗”（对华兹华斯而言），不如说是诗人从情感深处自然流露出来的（当然与过去反复思念的某些问题有关），涉及当时政治局势或带有不同程度的政治性，这是无可避免的。华兹华斯既然参加过政治活动（如他和吉伦特党人交友往来等），其思想意识和情感深处对此有一定的感受，甚至为此激动，那是不足为怪的。仅凭诗作中的政治性成分或感悟而忘却其他，就确定为政治抒情诗，既不精当又嫌过于空泛。无须烦言，不标目“政治抒情诗”，并不等于淡化华兹华斯诗作的思想意义，也不会否认他的政治活动和政治倾向。

华兹华斯的诗作，包括他的著名而影响深远的带有政治倾向的抒情诗，自有重大的思想意义和艺术价值。《序曲》这部自传性长诗，在回忆自己从童年、青少年时代，到作为一个热爱自然和人类的诗人的成长过程，令人难以忘却的是诗人将他所见所闻所感受的法国革命史迹也诗化在内，使“心灵演奏曲”生发了“时代交响乐”的作用。尽管诗人最终理想难免空幻色彩，诗人寄望于人类重返童年或心灵优化是难以平息内心矛盾的“一厢情愿”，但如此期待人类未来和谐（也许远在天边）共存共荣的理想，也无可厚非（因为如此理想，建立在其诗作中所提倡的人人发扬自革精神）。基于上述实情，华兹华斯诗作关于情感与理性的合一与分离，联系诗人的诗作诗论（“序言”等）的特质即审美人性论来观察，诗人对法国革命发展中出现的一系列政治事件的诗化评论，或先扬后抑，或褒贬交织，甚至先后矛盾冲突（包括诗人的诗化自审精神），如何评说，孰是孰非，那就不可轻易作出判断，务须细致而深入研讨。据杨德豫译诗《作于加莱附近海滨》注释：《献给民族独立和自由的诗》，这个集子的七十四首诗中有六十八首十四行诗，以维护欧洲各国独立、自由、反对法国拿破仑对外侵略的基本主题；人们熟知的《为威尼斯共和国覆亡而作》《致图森·路维杜尔》《为滑铁卢之战而作》等诗作，均在其中。

关于华兹华斯的诗与思的外在联系和内在深层关系，在两个世纪之交已引起我国学界的密切关注。有的学者运用敏锐的视角透视了华兹华斯的诗与思，以及他的诗与思的对话、互异、会通。华兹华斯在“序言”等诗论中说过，“一切好诗都是强烈情感的自然流露”，并做了辩证的评述，“这个说法虽然是正确的，可是凡是有价值的诗，不论题材如何不同，都是由于作者具有非凡的感受性，而且又深思了很久。”他还特别指出，“一切好诗的共同点就是合情合理”，并且反复强调诗是诗人特定时期强烈情感的自然流露，“它起源于在平静中回忆起来的情感。诗人沉思这种情感，直到一种反应使平静逐渐消逝，就有一种与诗人沉思的情感相似的情感逐渐发生，确实存在于诗人心中。”在1815年再版《抒情歌谣集》序言中，华兹华斯推出了写诗的五大能力，即“观察和描绘”、“感受性”“沉思”“想象和幻想”“虚构”；最后，他认为只有“判断”的能力才会总管而运用其中每一种能力。换句话说，诗歌创作虽源于情感激动，却也不排斥理性，乃至应有适时而适当的理性控制，这是华兹华斯诗之思特性所在。

第三，关怀平凡人的喜怒哀乐，离弃人世间的污泥浊水。华兹华斯的诗作诗学的基调已显示其从热爱自然到普爱人类的情感特征，他认为宇宙万象和谐共生，期待世上人人平等幸福。就我们已经讲述的诗人的作品和诗论来说，似可将其称之为生态诗歌和生态诗学。

华兹华斯这样的情感和理论的会通，也表现在他的描绘平凡人的生活与心态的作品中，尤其是在深厚同情农村穷苦农民和城市贫民方面，不平则鸣。还须关注这样的诗意常杂糅在其他类别的作品中。比如，我们评讲过的前两类诗作，同样可以见出诗人关注生活在社会底层广大人群苦难的心意。

在《傻小子》（1798）、《西蒙·李》（1798）、《布莱克老大娘和哈里·吉尔》（1798）、《鲁思》（1799）、《迈克尔》（1800）、《阿丽斯·费尔》（1802）、《孤独的割麦女》（1805）、《无题（楞诺斯荒岛上）》（1827）等诗歌创作中，揭示了辛勤的劳动人民生活贫困和痛苦，描绘了众多饥寒交迫、危机重重的受难者的形象，谴责鞭挞了罪恶权势横行霸道的世态。

长达四百五十三行的诗歌《傻小子》，运用抒情十分浓重的笔调，叙述了一个“几里地以内没有人烟”的山村老妇贝蒂及其傻儿强尼，为救助重病邻人而历尽危难的感人故事。诗人讲得好，这一“故事”诗歌多么美啊！尤其是诗的结局，美在“天从人愿”，也可以这么说，美在诗从人愿。谁也不会忘却，三个平凡而穷苦却又富有爱心的村民，他们像关怀自己那样关怀别人（亲人或邻人）；谁也不会视而不见，诗人诗心坦然希望人性升华，人人在关怀自我或亲人的同时，也真诚关怀处于社会底层苦难中的他人。

华兹华斯满怀激动的情感唱出《迈克尔》这支“悲壮的颂歌”，把自己的浪漫主义理想中的自然人性注入迈克尔形象之内，让他具备适应大自然的健康体魄和心灵。王佐良先生有理由认为：“老羊倌，即卢梭以来的浪漫主义思想家所神往的‘自然人’”（《英国浪漫主义诗歌史》）。无可争辩，诗人诗作所赞颂的“自然人”或“自然人性”，可以链接18世纪哲人、文学家的启蒙理想，如卢梭的“人类返回自然”理论等。如果说，卢梭的“返回自然”或“自然人”理想不无自相矛盾之嫌（过分歌颂人类的自然状态），那么，华兹华斯诗作中迈克尔对自然、羊群的“生死恋”，还有他对儿子的自然人性教育，与他鼓励路克借城里富亲戚之力赚钱返乡重振家业的言行对照之下，难以调适而显然并非诗人所向往的“自然人”或“准自然人”的作为。迈克尔形象这样可以理解而且不必苛求的“难以调适”之处，正好说明诗人的思想矛盾在诗歌艺术中的浪漫主义外化。更为重要而促进诗作具有深远的社会思想意义和审美人文主义价值的是如下两点：1. 迈克尔的乐观信念和悲壮一生交织成的象征“自然人性”乃至“自然人”的瑰宝，放射着璀璨的光彩，引导人们嫌恶当时的丑人丑事，而向往真善美三位一体的未来世界；2. 朴实而勤劳，但到城市后由于荒淫生活引诱腐蚀而被毁灭。显而易见，批判丑恶现实社会，向往美好的未来世界就是《迈克尔》诗歌的基本主旋律，其激动人心的故事颇富诗体悲剧美学意义。

在《迈克尔》诗体故事中，华兹华斯重在期待人类通过净化思想意识之道，不断提高自然人性，走向“自然人”“境界”。与此同时，也可见出诗人对近代资本主义发展中阴暗一面的厌弃和抨击。而这种“美”与“丑”对照式的揭示批判，在另一些同类又异趣的诗作中更为显著。《鲁思》（1799）可作范例。华兹华斯诗歌创作《布莱克老大娘和哈里·吉尔》（1798）、《最后一头羊》（1798）和《阿丽斯·费尔》（1802）也反映了贫苦人以及弱势人群的不幸和悲哀。

就华兹华斯诗作“交响乐”的思想内容主调来观察，诗人始终坚持而且越来越执着地表白“由爱自然进而爱人类”的观念，并且希望人人如此。前文列举诗人的创作前期的各类诗歌，可以佐证，诗人后期的一些佳作也并不例外。现在，试将诗人发表于1827年的“无题”诗作（十四行诗）推出，略于述评。切勿忽视诗中提及“巴士底监狱”，由此可见，1789年法国大革命对诗人诗作的影响之深远，而且贯穿了诗人生活创作道路的全程。诗人提倡走向“爱自然”“爱人类”和提升人性之路，逐渐改造近代资本主义社会，即使是“大写的爱”能化解一切矛盾冲突的“理想”，也是难以实现的幻想。不过，这种幻想式的理想也有针砭黑暗社会现实的效应。它否定的是诗人所目睹体会的法国革命后的社会现实中的阴暗面，这并不等于说法国革命不必要。正好相反，诗人诗作一直到其后期，并未忘却伟大的法国革命之始，攻陷巴士底监狱的壮烈情景。可以断言，过去有关华兹华斯诗作对法国革命先扬后抑的误解，理当予以澄清。法国革命不仅影响了诗人的诗歌创作的思想内容，而且促进了诗人诗艺的创新。华兹华斯的诗歌新风格（表达新内容的新的通俗语言与韵律、新的平凡人生话题材与篇章结构）和法国革命的联系，已引起学界的关注。

三

巡视华兹华斯诗歌创作历程及其思想意义，连同他的诗学理论和诗艺予以互动式的比照，不难见出其与时俱进、继往开来、推陈出新的功能。似可由此确认，华兹华斯的诗作和著作是诗人对英国工业革命、法国大革命及其后所知悉的生活与时代的审美反映，18、19世纪之交，正当英国诗歌发展史上剧变时期伊始，1798年9月18日华兹华斯和柯尔律治合作的《抒情歌谣集》脱颖而出，其中像华兹华斯的《廷腾寺》一类自然诗歌，柯尔律治的《古舟子咏》一类想象奇幻的诗歌，均展示了和18世纪及其以前的诗歌迥异的新风格。尤其是华兹华斯的诗作，如我们已经提及的那些想象力特强的自然诗歌，确实堪称英国浪漫主义诗歌史上的新发展新品种。如此诗歌创作之锐思遐想，亟须新的艺术形式表现，诗人在这方面做出了突出的贡献。华兹华斯（连同他的诗歌）开创了一代诗风，不仅在当时具有高超的艺术价值和重大的英国诗歌革命意义，而且对后世英诗乃至当今世界文坛具有越前启后的导引深远影响。

关于华兹华斯诗作的艺术表现特征及其审美价值，务须结合他的诗学理论如何会通艺术实践之道予以深入思考和研讨。作为自然之子和诗人，华兹华斯的诗心、诗作与诗学和自然融为一体；在他的绿色视野下，他所迷恋的大自然这个“绿色世界”是万象互动和谐，而万物共存共荣。他的诸多诗歌尤其是抒情歌谣精品体现了创新艺术的诗心：把大自然当作审美对象，运用广大平民百姓能顺利感觉的艺术形式，冲破了18世纪诗人奉行的贵族化、英雄化、绅士化的典雅、统一、均齐、明晰、智能（知巧）等古典主义原则（规律）。诗人尽力与自然融合并未忘却主体的内心感应，创造大众易于接受的通俗艺术形式予以表现，从而形成诗艺重中之重。他的佳作《无题》《致蝴蝶》《致杜鹃》《致云雀》《水仙》《瀑布和野蔷薇》《廷腾寺》，以及长诗《序曲》中的《啊！大自然的灵魂》（第十二卷）等，均为诗人在大自然怀抱中和抚育下，“强烈情感的自然流露”。从诗体结构到语言文字表达，显得那么自然、精致、靓丽、隽永和真挚。诗人吟唱奇峰异石、湖光山色、瀑布洪流、鸟语花香、月明泉清，无不显示他对大自然的深厚情感、虔敬和热爱。诗人调动多种艺术手法赞颂大自然的精灵“卓越而美丽！”（《序曲》第十二卷），“它确曾为我欢欣，而对它我也/从幼年便感到高兴……”这里的“我”，即受惠于大自然的诗人；这里的“我”又是以普通人为主体的“人们”（与大自然关系密切）。

依华兹华斯的绿色之见，一切生物都是大自然整体的一部分，人类也是如此。“由爱自然进而爱人类”，这是诗人毕生坚持的信念，并且予以诗化，让艺术形象营造意境，表现情感和心灵。在《廷腾寺》一诗中，诗人满怀激情地表现诗心，把大自然当作他的“乳母、导师、家长”，他“全部精神生活的灵魂”，其实大自然也是他全部诗艺的灵魂。他期待大自然“万象的和谐与怡性”，会“以其深厚的力量”促使未来世界人人平等、和谐、幸福。有人确切认为华兹华斯的《廷腾寺》《鹿跳泉》一类诗作，特别是诗人直观地描绘自然风貌的诗段（歌咏大自然的“外象”），充分证实他当时是英国诗坛上的“风景画家”，当然，诗中有画仍可引发“画”外深思，即我们已知的诗人心目中的大自然与人息息相关。如此看来，似可断言，华兹华斯的自然诗做到了四美同感：自然（和谐）美、心灵（真挚）美、形态（多姿）美、艺术（表现）美，四美会通而互照互动。

华兹华斯的诗作，包括《抒情歌谣集》及其他篇什开创了一代诗风，这已经载于世界诗歌发展史册，无可置疑。他的诗歌的新题材和新内容忠实于“由爱自然进而爱人类”路线，面向普通人群（平民）的生活空间，扭转过去诗人笔下宫廷贵阁诗境转向民间。诗人运用高度纯洁的语言表达强烈而明智的感情。“情动于中而形于言”，其言不猎奇怪诞，明净而自然质朴，真挚亲切，通俗易懂。他的诗歌创作，特别是抒情歌谣，充分发扬了想象力的作用，让大自然中的形象自由驰骋飞翔，经过诗人沉思默想而形成具有引人深省和反思的新风格。比如，《鹿跳泉》《廷腾寺》《瀑布和野蔷薇》等诗篇，就可作为反映华兹华斯新诗风的实证。涓涓长流的“鹿跳泉”故事，当然不是“用离奇的事件打动人心”，而是通过淳朴通俗的语言，借自然“造化”的形象净化人性，“她所展现的，她所隐藏的，这两者/包含着教诲，牧人呵，你我要恭听：/我们的欢情豪兴里，万万不可/羼入任何微贱生灵的不幸。”廷腾寺如我们所知，它是英格兰西南部的中世纪寺院，久已倾圮。诗人于

1793年8月、1798年7月先后两次游览此处，于是创作了寄情深远而富于想象力的《廷腾寺》，诗人在大自然美景中心性净化，由自然现象到“人类的心灵”，由“思维的主体”到“思维的对象”，都在“和谐地运转”。他要用“感官的语言”表白心灵的反应，“我仍如往日，/喜爱草原、森林和崇山峻岭，/喜爱这绿色世界的百态千姿，/喜爱我耳目所及的森罗万象——/其中，有仅凭耳目察觉的，也有/经过加工再造的……”这里的“再创造”值得特殊关注。其中包罗诗句通俗口语化和韵律革新。诗人在这首诗中运用了流动感极强的五音步抑扬格素体无韵诗律，突破了长期统治诗坛的诗体整齐而刻板的英雄双韵体。诚然，如诗人所说，创造新诗佳作务须不断提高观察和描绘、感受和判断的能力（据《抒情歌谣集》1815年版序言归纳）。华兹华斯关于诗歌创作的特殊才能，极度强调想象飞翔能力与语言表达能力，连同其他方面的诗人所需的能力，他在“诗艺革命的号角”——《抒情歌谣集》再版序言（1800）中早已做过阐释。这是诗人诗论的精髓和诗艺创新的基础。《瀑布和野蔷薇》在诗人心目中作为“幻想的诗”，与“想象的诗”《鹿跳泉》《廷腾寺》链接。同样发扬了富于想象、安谧沉思、情感强烈真挚、语言纯净通俗而新颖，效应极好。诗人想象雪后涨了水的瀑布“心高气傲”，忘却了过去和野蔷薇“多么融洽”，如今瀑布轰鸣奔下，“毫不留情”，野蔷薇生存危在旦夕。在诗作中，强劲的想象力导演下的瀑布和野蔷薇的“对话”，以及诗人心灵外化（对双方争议的评判和关注野蔷薇的命运），感觉敏锐，情感真挚，形象鲜活，语言质朴而自然，展示了新的诗风。

华兹华斯开创浪漫主义新诗风，不仅在《廷腾寺》等诗作中有明晰的体现，而且在长诗《序曲》中取得更完美的效应。仅从1850年出版的长诗各卷的标目即可知诗作是记述“一个诗人的心灵的成长”，回顾过去，把握现在，期待美好和谐的未来。诗人最关注的是他在大自然怀抱中和社会生活的各个时期的心灵历程（印象与感想）。显然，这是一种新的品种，一种用韵文写的文学自传。同时它对于要了解英国文学史上一个重要诗人的研究者，又是极为重要的历史材料。事实正是这样，《序曲》展示出华兹华斯诗歌艺术多方面的成就，可作为诗人诗学重要理论（自然观、情理观、想象观和语言观）的实践之典范，值得往后一代一代诗人、学者不断借鉴和探析钩沉。

纳入“外国经典诗人珍藏丛书”的《华兹华斯诗选》，现在摆在读者面前了。这本书主要依据著名资深翻译家、学者杨德豫移译的《华兹华斯诗选》（2009），以及中英文造诣颇深的知名教授楚至大的全译本《序曲》（2002），经过反复研读而审慎编选的。杨先生选译华兹华斯诗歌并出版了诗选多种，如《湖畔诗魂——华兹华斯诗选》（人民文学出版社，1990）、《华兹华斯抒情诗选》（英汉对照，湖南文艺出版社，1996）、《华兹华斯、柯尔律治诗选》（人民文学出版社，2001）、《华兹华斯诗选》（广西师大出版社，2009）等。从20世纪迄今，在多人多种华兹华斯诗歌的译作中，杨德豫的译作《华兹华斯诗选》大体上收入了华氏各类型作品中比较重要的诗歌，译笔可信并井然有序地凸现了华氏诗作的新风特征，故作为本书编选的主要依据。但杨译本也有遗憾，未收入华氏最重要的作品之一《序曲》的若干选段。楚至大译出的《序曲》从整体上考察，在当前的两个全译本中较好，汉语表达明晰，可供精选若干诗段。为此，本书以杨德豫的《华兹华斯诗选》入选诗作为主干，以楚至大的《序曲》入选的诗段为补充，有机组合成“珠联璧合”的完整一体，作为当今国人解读和研讨华兹华斯其人其诗（代表作）的精美选集。希望这本诗选，连同这篇编选者序，能受到广大读者的欢迎。

2011年12月

目录 Contents

序　　诗[1]

你的光焰若真是得自上天，
诗人呵！就按照上天给你的能量，
在你的位置上发光吧，要怡然知足：——
太空诚然有煌煌巨星，诚然有
从苍穹绝顶吐射明辉的星座，
半个世界都望见它们的丰姿，
半个天球都感受它们的光照；
但也有像爝火那样不大显眼的
在幽暗山岗上荧荧照射的孤星，
也有像寒灯那样闪烁不定的
在枯树枝丫间隐现的疏星点点；
和它们相比，那些煌煌巨星呵，
未必身份更尊贵，素质更纯洁；
全都是同一天父的永生儿女；
诗人呵！就按照上天给你的能量，

① 华兹华斯于1845年决定，把这首素体诗作为序诗，置于他的诗集卷首。

在你的位置上发光吧，要怡然知足。

（1827年）

无　　题[①]

我一见彩虹高悬天上，
　心儿便跳荡不止：
从前小时候就是这样；
如今长大了还是这样；
以后我老了也要这样，
　否则，不如死！
儿童乃是成人的父亲；[②]
我可以指望：我一世光阴
自始至终贯穿着对自然的虔敬。

（1802年3月26日）

① 译诗每行顿数与原诗音步数一致；但韵式有改动：原诗为abccabcdd，译诗为abaaabccc。

② 参看弥尔顿《复乐园》第四卷第220—221行："儿童预示成人，像晨光预示白昼"。并参看《永生的信息》题注。

致蝴蝶

别飞走，留下吧，留在我身边！
多留一会儿，多让我看几眼！
咱俩在一起，话儿说不尽，
你呀，我童年经历的见证人！
飞过来，别走！过去的时光
　在你身影中重现；
快乐的生灵！你在我心坎上
勾画出一幅庄严的图像——
　我童年时代的家园！

那些日子呵，好快活，好快活，
我们孩子家，整天玩乐，
多少次，我和妹妹艾米兰，
两个人一起把蝴蝶追赶！
林子里，小树间，我东奔西跑，
向前猛一扑，活像个猎人，

追过来，追过去，连蹦带跳；
而她呢？老天爷！她生怕碰掉
蝶翅上面的薄粉。

（1802年3月14日）

麻　雀　窝

快瞧，这绿叶浓荫里面，
藏着一窝青青的鸟蛋！
这偶然瞥见的景象，看起来
像迷人幻境，闪烁着光彩。
我惊恐不安——仿佛在窥视
　别人隐秘的眠床；
这个窝靠近我们的居室，
不分晴雨，也不问干湿，
我和艾米兰妹妹总是
　一道去把它探望。

她望着鸟窝，好像有点怕：
又想挨近它，又怕惊动它；
她还是口齿不清的小姑娘，
便有了这样一副好心肠！
我后来的福分，早在童年

便已经与我同在：
她给我一双耳朵，一双眼，
锐敏的忧惧，琐细的挂牵，
一颗心——甜蜜泪水的泉源，
思想，欢乐，还有爱。①

（1801年）

① 这首诗和《致蝴蝶》中的“艾米兰”，都是指诗人的妹妹多萝西。为诗人兄妹作传的人们曾指出：多萝西对自然景物和人事的感受比诗人更敏锐，观察更细致，体会也更精微；有时是在她的启发和引导下，诗人才加深了对事物的理解和领悟；一些优秀诗篇的写成，也是首先由她触发了诗人的灵感。在这首诗中，诗人说他的妹妹给他以眼、耳、心，等等，就是指多萝西使他目明耳聪，心灵开窍。

远　见

那样做简直是破坏，是糟蹋——
来学学我和查理的做法！
瞧这儿开了这么多草莓花，
　可是这种花我们不能采；
它们挺美的，比谁也不差，
　可是你瞧——花儿小，枝子矮；
别动手，别碰它，安妮妹妹！
听我的，我好歹比你大两岁。

安妮妹妹呵！快来采樱草，
采得了多少你就采多少。
这儿有雏菊，由你尽量采；
　还有三色堇，还有剪秋萝；
高高的水仙花，你也采些来
　装扮你床铺，装扮你住所；
盛满你衣兜，插满你前襟；

只有草莓花，手下要留情！

樱草的好日子是在春天，
一到夏天它们就少见；
紫罗兰只开花不结果实，
　到时候就枯了，倒在尘埃；
小小雏菊花模样标致，
　谢了，也没有果子留下来；
这些花你采吧，到了明年
它们照样开，一开一大片。

草莓够交情，有果子让人吃，
这是上帝给它的本事。
过不了多久，春天就溜啦，
　你我和查理再到这儿来；
那时候，莓子都红啦，熟啦，
　挂在枝子上，有叶子遮盖；
为了那一天吃个痛快，
草莓花儿呵你可不能采！

（1802年）

阿丽斯·费尔[1]

含雨的乌云把月亮遮住，
　马车夫加鞭催马向前；
我们正急急忙忙赶路，
　惊心的哭叫传到我耳边。

如同悲风呼啸在四周，
　听到的哭声越来越清楚；
它仿佛紧跟在马车后头，
　老是在耳边不断号呼。

我听了一会儿，把车夫喊叫，
　他连忙勒马停止前进，
可是我们再也听不到
　刚才那悲啼哀叫的声音。

① 这首诗是作者应友人格雷厄姆之请而写的。诗中所述乃格雷厄姆所亲历（诗中的“我”便是格雷厄姆），阿丽斯·费尔也是真名。

马车夫猛响一鞭，于是
　拉车的驿马又冒雨奔腾；
这时，那哭声又随风而至，
　我再次喊叫车夫暂停。

我急忙下车，四面察看，
　问道：“这哭声从哪儿传来？”
蓦地，我看见车厢后面
　坐着一个小小的女孩儿。

她大声哭喊，悲悲切切：
　“我的斗篷！”再没有别的话；
纯真的心儿仿佛要碎裂，
　她从她坐的地方跳下。

“怎么啦，孩子？”她呜咽着：“您瞧！”
　我一看：乱糟糟，卷在车轮里，
是久经风雨的一团烂布条，
　就像稻草人披着的破衣。

在轮毂和辐条中间缠住，
　绞紧了，一下子难以解脱；

我们都使劲，才把它弄出，——
　可真是破烂溜丢好家伙！

“路上是这样荒凉冷清，
　孩子，今晚你要去哪里？”
“达勒姆，”她回答，心神不定；[①]
　“那就上车吧，跟我在一起。”

安慰和劝说全都没有用，
　她坐在那里，抽泣不休，
看来，这可怜孩子的悲痛
　永远永远也没有尽头。

“你的家可在达勒姆，孩子？”
　她勉强忍住悲啼，回答：
“我叫阿丽斯·费尔，可是
　我没有爸爸，也没有妈妈。

“我是住在达勒姆，老爷。”
　仿佛被心事堵塞了心胸，

---

① 达勒姆城是达勒姆郡的首府，在英格兰东北部。

这孩子哭得越来越悲切，
　全为了那件稀烂的斗篷！

马车前行，终点渐近；
　我身边坐着这小小女孩儿；
就像失去了仅有的亲人，
　她一路啼哭，平静不下来。

我们来到小客栈门前；
　我讲了阿丽斯为什么悲痛，
向客栈老板付了一笔钱。
　给她买一件簇新的斗篷。

“选一件厚实的灰呢子斗篷，
　那是最最暖和的衣服！”
第二天，她变得那样高兴，
　阿丽斯·费尔，幼小的遗孤！

（1802年3月12—13日）

露西·格瑞

我多次听说过露西·格瑞；
　当我在野外独行，
天亮时，偶然瞥见过一回
　这孤独女孩的形影。

露西的住处是辽阔荒地，
　她没有同伴、朋友；
人世间千家万户的孩子里
　就数她甜蜜温柔！

你还能瞧见嬉闹的小山羊，
　草地上野兔欢跳；
露西·格瑞的可爱脸庞
　却再也不能见到。

“今天夜里准会起暴风，

你得进城去一趟；
孩子，你得带一盏提灯，
雪地里给你妈照亮。”

“我很乐意走一趟，爸爸！
晌午刚过了不久——
教堂大钟刚敲过两下，
月亮还远在那头。”

这时，她父亲便举起镰刀，
砍断柴捆的围箍；
他忙着干活，露西便趁早
提着那盏灯上路。

山上小鹿哪有她活泼：
她步子变换不定，
脚儿扬起了白雪粉末，
像一阵烟雾腾腾。

大风暴提前来到了荒原，
荒原上走着露西；
她上坡下坡，越岭翻山，

　却没有走到城里。

整整一夜，焦急的爹娘
　四下里奔跑喊叫；
听不到声音，看不到迹象，
　上哪儿把她寻找！

天亮了，他们俩登上山头——
　山头俯临着荒地；
那座桥（离家门两百米左右）
　显露在他们眼底。

他们哭起来，往回走，哭叫：
　“在天国再见吧，亲人！”
雪地里，那母亲忽然看到
　露西的小小脚印。

他们走下陡峭的山崖，
　紧跟着那一线脚印；
穿过残破的山楂篱笆，
　傍着石头墙行进；

他们踏过那一片荒地，
　脚印还历历可见；
他们紧跟着，寸步不离，
　终于来到了桥边。

他们紧跟着，从积雪的河滨
　直到木桥的中段；
那一个挨着一个的脚印
　到此便陡然中断！

有人坚持说：直到如今，
　露西还活在人间；
看得见她那美妙形影
　出没在幽静荒原。

石块上，沙土上，她只顾前行，
　从来不回头望望；
唱着一首歌，寂寞凄清，
　歌声在风中回荡。

（1799年）

我们是七个

——天真的孩子，
　呼吸得那样柔和！
只感到生命充沛在四肢，
　对死亡，她懂得什么？

我碰到一个乡下小姑娘，
　她说，她今年八岁；
鬈曲的头发盘绕在头上，
　密密丛丛的一堆。

她一身山林乡野气息，
　胡乱穿几件衣衫；
眼睛挺秀气，十分秀气，
　——那模样叫我喜欢。

“你兄弟姐妹一共有几个？

说给我听听，小姑娘！”
“几个？一共是七个。”她说，
惊奇地向我张望。

“他们在哪儿？说给我听听。”
她说：“我们是七个；
两个当水手，在海上航行，
两个在康韦住着。[①]

“还有两个躺进了坟地——
我姐姐和我哥哥；
靠近他们，教堂边，小屋里，
住着我妈妈和我。”

“你说有两个在康韦住着，
有两个到了海上，
却又说你们还有七个！
是怎么算的，好姑娘？”

这位小姑娘随口回答：

① 康韦，威尔士北部海港，濒爱尔兰海。

“我们七兄弟姐妹，
有两个睡在那棵树底下——
那儿是教堂的坟堆。”

“你到处跑来跑去，小姑娘，
你手脚多么活泼；
既然坟堆里睡下了一双，
那你们还剩五个。”

“坟堆看得见，青绿一片，”
这位小姑娘答道，
“离我家门口十二步左右，
两座坟相挨相靠。[①]

“那儿，我常常织我的毛袜，
把手绢四边缝好；
我常常靠近坟头坐下，
给他们唱一支小调。

① 原诗的其他各节，基本上都是第一行与第三行押韵，第二行与第四行押韵；这一节略有不同：第一行与第三行不押韵，但这两行各用了行内韵。译诗依原诗。

“先生，只要碰上了好天气，
　太阳下了山，还不暗，
我就把我的小粥碗端起，
　上那儿吃我的晚饭。

“我姐姐珍妮先走一步：
　她躺着，哼哼叫叫，
上帝解除了她的痛苦，
　她便悄悄地走掉。

“她被安顿在坟地里睡下；
　等她的墓草一干，
我们便在她坟边玩耍——
　我和我哥哥约翰。

“等到下了雪，地下一片白，
　我可以乱跑乱滑，
我哥哥约翰却又离开，
　在姐姐身边躺下。”

“有两个进了天国，”我说，
　“那你们还剩几个？”

小姑娘回答得又快又利索：
　　“先生！我们是七个。”

“可他们死啦，那两个死啦！
　他们的灵魂在天国！”
这些话说了也是白搭，
小姑娘还是坚持回答：
　　“不，我们是七个！”

（1798年）

宝贝羊羔

露水已悄悄降临，星星也开始闪烁；
我听到一声呼唤："喝吧，小乖乖，快喝！"
从篱笆上边望过去，我看见：在我前方
有一头雪白野羊羔，旁边是一个小姑娘。

附近再没有牛羊，野羊羔独自一个，
拴在一块石头上，用一根细长绳索；
小姑娘屈下一膝，半跪在草地上面，
给她心爱的羊羔，喂一顿香甜晚饭。

小羊羔从她手里，把这顿晚饭吃下；
只见它尽情受用，喜滋滋摇着尾巴。
"喝吧，小乖乖，快喝，"她嗓音那样柔和，
我觉得她那番心意，融入了我的心窝。

她是少有的俏姑娘，名叫巴巴拉·柳穗；

我欣然注视着她俩——真是可爱的一对！
小姑娘喂完了晚饭，便提着空罐子走开；
走了还不到十码，脚步又停了下来。

她定睛望着羊羔；这时，我躲进阴影——
为了不让她发现，看她脸上的表情；
要是老天爷作美，让她能出口成章，
她就会向着羊羔，把这首歌曲吟唱：

“你是怎么了，小乖乖？干吗拽你的绳子？
在这儿不是挺好吗？不是有睡又有吃？
这块草地挺软和，草儿呵，又嫩又青；
歇着吧，小乖乖，歇着吧；你怎么心神不定？

“你还想要些什么？心里有什么不踏实？
你的四肢挺硬棒，你的模样也标致；
这儿有鲜嫩的草地，这儿有最美的香花；
整日里沙沙直响的，是一片青绿的庄稼！

“要是太阳晒得慌，你便把绳子拉直，
到这棵山毛榉底下，找一块阴凉位置；
也不必害怕阵雨，害怕山地的风暴：

狂风暴雨的天气，在这儿难得见到。

“歇着吧，小乖乖，歇着吧；你已经忘了那一天：
我爹在老远的外乡，第一次把你发现；
山上那么多羊群，都不是你的族类，
你娘把你撇下了，她去了，一去不回。

“我爹瞧你怪可怜，抱起你，带回家里：
那是你走运的日子！你还想跑到哪里？
有一个好心的保姆，在这儿为你操劳，
高山上生你的亲娘，也不会比她更好！

“你知道，一天两回，我用这罐子喂你
小河里汲来的淡水，那淡水洁净无比；
同样是一天两回，当露水沾湿地面，
我给你送来奶汁，奶汁又热又新鲜。

“不多久，你的四肢，会变得加倍粗壮，
那时，你套在车前，像马驹套到犁上；
我会陪着你游玩；到冬天，北风猛刮，
这家宅给你当羊栏，炉边给你当卧榻。

“它不肯，不肯歇着！——可怜的小家伙，也许
是你娘对你的恩情，搅动着你的心绪？
你这样痴心挂念的，是什么，我全不知道，
是梦中出现的往事——你再难看到或听到？

“那边高高的山岭，看起来青绿可爱，
却常有吓人的风暴，漆黑的长夜也难挨；
一条条小河，看起来，仿佛又快活又逍遥，
一旦发了脾气呢，像狮子恶狠狠吼叫！

“天上有凶猛大鸟，在这儿却不必担心；
在我们家宅旁边，你白天黑夜都安稳。
干吗拽你的绳子？干吗跟着我叫唤？
睡吧！明天天一亮，我就来到你跟前！”

我顺着那条小路，缓步向家里走去，
一路上老是哼着——哼着这一首歌曲；
一句一句琢磨着，仿佛觉得这首歌
只有一半属于她，却有一半属于我。

我老是唱着这首歌，唱了一遍又一遍，
“那属于她的，”我说，“肯定超过了一半：

她眼神那样慈爱，她嗓音那样柔和，
她的那番心意呀，早融入我的心窝。”

（1800年）

路　易　莎

陪她游山之后写成

林荫里，路易莎与我相遇；
我见了这位可爱的少女，
　怎能不连声赞美
她像仙女般轻灵矫健，
蹦蹦跳跳地奔下山岩，
　好似五月的溪水。

她迷人的微笑世上难寻；
这微笑，以它独具的风韵
　浮现，舒展，隐匿；
它忽来忽去，游戏不休，
有时消失了，其实仍旧
　潜藏在她的眼底。

她喜爱她的村舍和炉火；
旷野荒山，她常常走过，

　当真是风雨无阻；
狂风里，又见她奋然前进，
这时候，我呵，多想亲一亲
　她脸上晶亮的雨珠！

沿着清溪，她曲折向前
去追寻瀑布；我呵，我情愿
　把世间一切都舍弃——
只要在一处岩洞里，石壁下，
或一隅青苔地上，我和她
　有片时坐在一起！

（约1801年）

无　　题[1]

我有过奇异的心血来潮，
　也敢于坦然诉说，
（不过，只能让情人听到）：
　我这儿发生过什么。

那时，我情人像六月玫瑰花，
　每天都鲜艳悦目；
沐着晚间的月光，我骑马
　走向她那座茅屋。

我目不转睛，向明月注视，
　越过辽阔的平芜；
我的马儿加快了步子，

① 这一首，还有另外四首无题诗——“她住在达夫河源头近旁”“我曾在陌生人中间作客”“三年里晴晴雨雨，她长大”“昔日，我没有人间的忧惧”，共五首，作于1799—1801年间，都与一位名叫露西的女子有关，往往合称为“露西抒情诗”或“露西组诗”。

踏上我心爱的小路。

我们来到了果园，接着
又登上一片山岭，
这时，月亮正徐徐坠落，
临近露西的屋顶。

我沉入一个温柔美梦——
造化所赐的珍品！
我两眼总是牢牢望定
悄然下坠的月轮。

我的马儿呵，不肯停蹄，
一步步奔跃向前；
只见那一轮明月，蓦地
沉落到茅屋后边。

什么怪念头，又痴又糊涂，
会溜入情人头脑！
“天哪！”我向我自己惊呼，
“要是露西已死掉！”

（1799年）

无　题[1]

她住在达夫河源头近旁
　人烟稀少的乡下，[2]
这姑娘，没有谁把她赞赏，
　也没有几个人爱她。

像长满青苔的岩石边上
　紫罗兰隐约半现；
像夜间独一无二的星光
　在天上荧荧闪闪。

露西，她活着无人留意，
　死去有几人闻知？
如今，她已经躺进墓里，

① 这是“露西组诗”之一。

② 英格兰中部德比郡、北部约克郡、西北部威斯特摩兰郡各有一条达夫河，这三条小河华兹华斯都到过。

在我呢，恍如隔世！

（1799年）

无　　题①

我曾在陌生人中间作客，
　在那遥远的海外；
英格兰！那时，我才懂得
　我对你多么热爱。

终于过去了，那忧伤梦境！
　我再不离开你远游；
我心中对你的眷恋之情
　好像越来越深厚。

在你的山岳中，我才获得
　称心如意的安恬；
我心爱的人儿摇着纺车，
　坐在英国的炉边。

① 这是“露西组诗”之一。在这首诗中，作者对英格兰的爱与对露西的爱密不可分，露西的形象几乎与英格兰融为一体。诗中的“你”指英格兰。

你晨光展现的，你夜幕遮掩的
　是露西游憩的林园；
露西，她最后一眼望见的
　是你青碧的草原。①

（1801年）

① 露西，即上节“我心爱的人儿”。这一节暗示露西已死。

致——[1]

让别的歌手唱他们的天使[2]
　像明艳无瑕的太阳；
你何尝那样完美无疵?
　幸而你不是那样！

没有人说你美，别放在心上，
　由他们去吧，玛丽——
既然你在我心中的形象
　什么美也不能比拟。

真正的美呵，在幕后深藏；
　揭开这层幕，要等到
爱的，被爱的，互相爱上，

① 这首诗的命意，似乎受到莎士比亚十四行诗第一百三十首的影响，该诗第一行便是“我爱人的眼睛一点也不像太阳”。

② 天使，指“别的歌手”所爱慕的女子。

两颗心融融齐跳。

（1824年）

无　题[1]

女士呵！你神采超凡的微笑
把我的心灵朗照；
这神采若在我眉宇间映出，
就请你欣然注目——
像高天皓月，怡然自得，
　望见自己的明辉
照亮了下界的静静山坡，
　照亮了滔滔流水。

（1845年发表）

① 原诗基本上是单数行四音步，双数行三音步；但第4行例外，为四音步。译诗将第四行改为三顿，以求全诗节奏更为整齐匀称；此外悉依原诗。

最后一头羊

外国外乡，我到过不少，
不论在哪儿，也难得见到
一条大汉子，五大三粗，
公然在路上咧嘴直哭。
这回，在英国，堂堂大路上，
　我碰见这样一条大汉子：
他独自一个，沿大路走来，
　眼泪流满了脸蛋子；
身板结实，神色却悲凄，
把一头羊羔抱在怀里。

他一瞧见我，便闪向一边，
好像要躲开，不让人看见；
用外衣袖子擦了擦脸蛋，
想把他那些眼泪擦干。
我向他走去，叫一声："伙计！

　为了什么事，你这样悲伤？”
“真寒碜，先生！是这头羊羔，
　它叫我眼泪直淌。
今天从山上，我把它抱回家；
我那一群羊，单单剩下它！

“我年轻时候，还没娶老婆，
愣头愣脑的，只会寻快活，
事事不操心，什么都不想；
却也买来了一头母羊。
它下的羔子我都养起来，
　那些羊儿呵，要多肥有多肥；
我娶了老婆，有了家业，
　小日子要多美有多美；
羊儿二十头，一头也不少；
一年又一年，年年下新羔！

“靠那头会生会养的母羊，
我的羊群越来越兴旺；
后来，我足足有了五十头，
那么棒的一群，世上少有！

它们在匡托克山上吃草，[①]
　羊群兴旺，我家也热闹；
可是到今天，我那一大群
　只剩下这一头羊羔；
我们完蛋啦，成了穷鬼，
倒不如全家死光了干脆！

“先生！我六个孩子要吃饭！
饥荒年月里，我拼命苦干！
穷急了，饿慌了，顾不得脸皮，
我去找教区，请求救济。
他们却说我是个富户，
　说我有羊群在山上吃草，
要我在羊儿身上打主意，
　把一家肚皮填饱。
‘就这么办吧！’他们喊道，
‘给穷人的救济，你怎么能要？’

“照他们说的，我卖了一头羊，
给我的娃娃们买来了口粮；

① 匡托克山，即匡托克丘陵，在英格兰西南部萨默塞特郡。

娃娃们有了吃的，长好啦；
我的光景呢，可就变糟啦。
真是祸事呵！这些日子里，
　眼看这一份家当丢光；
操了多少心，受了多少罪，
　才挣来这一份家当；
眼睁睁看它像雪堆化掉——
这样的祸事，谁能受得了！

“又一头卖啦！再加上一头！
羔子刚卖掉，它娘又牵走！
像血管裂了口，血就止不住——
一滴滴，都从我心里流出！
一头，又一头，挨个儿走掉，
　剩下的，活着的，三十头不到；
到后来，我简直巴望它们
　全都走光了拉倒！
只求苦差事早早交卸，[①]
哪管到头来怎么了结！

① 苦差事，指接连不断地卖羊。

"我起了坏念头，像鬼迷心窍，
巴不得去试试邪门歪道；
不管碰见谁，我都猜疑：
莫非他知道了我的坏主意?
心里乱糟糟，不得安生，
　在家里，在外边，都不痛快；
昏头昏脑的，就像中了邪，
　干活也没精打采；
好几回，真想从家里逃走，
躲进山林去陪伴野兽。

"先生！这群羊是我的心肝！
就像我亲生儿女一般！[①]
当我的羊儿一天天多起来，
我对我儿女也更加疼爱。
好景不长，苦日子来啦，
老天爷罚我受苦受难；
一星期，一星期，一天，一天，
羊群像雪堆消散！
我祷告，可是我心里明白：

① 《旧约·撒母耳记》下篇第十二章："羊羔在他家里和他儿女一同长大，……在他看来如同儿女一样。"

对儿女我已经没心思疼爱！

“越来越少啦，见了真难受！
十头剩五头，五头剩三头——
母羊、阉羊、羔子，就这仨；
又走了一头，只两头留下；
到昨天，我那五十头绵羊
　只剩这最后一头：
您瞧，就是它，靠在我怀里：
　别的我啥也没有。
今天从山上，我把它抱回家；
我那一大群，单单剩下它！”

（1798年）

傻　小　子[1]

清朗的三月之夜，八点钟，
　蓝湛湛天空升起了月亮，
明净月光里，一只猫头鹰
不知在哪儿独自啼鸣，
拖长的啼声孤苦凄清：
“哈噜！”“哈噜！”又一声拖腔！

你门口怎么这般热闹？
　什么事，贝蒂·福伊老嫂子？
你怎么这般焦急不安？
你干吗把他扶上马鞍——
　你心爱的孩儿，你那傻小子？

这时候，人们都上床睡觉了；

① 这首诗共四百五十三行。原诗有四百三十八行是四音步，另有十五行是三音步。译诗各行顿数悉依原诗音步数。

　好贝蒂，快叫这孩子下马；
他嘴里叽里咕噜，挺高兴；
有鞍子，有缰绳，还有马镫，
　这时候，贝蒂，叫他去干啥？

可是贝蒂却一心一意
　要搭救苏珊·盖尔老姑姑——
是她的邻居，单身老妇人，
得了重病，凄惨地呻吟，
　好像就快要一命呜呼。

几里地以内没有人烟，
　没有什么人能来救助；
苏珊在床上，受病痛折磨，
　贝蒂娘儿俩不知所措，
她是什么病，他们猜不出。

贝蒂的老伴在林区砍柴，
　住在老远的山谷里面，
这个星期他不会回来，
没有人救护苏珊老太太，
　会出什么事？可该怎么办？

小路上，贝蒂牵来了马儿，
　这马儿心眼好，性情和蔼；
苦也罢，乐也罢，从不急躁，
常常在路边随意吃草，
　常常从林区驮柴火回来。

这马儿已经整装待发，
　贝蒂·福伊在月光底下，
把鞍子摆放得平平稳稳
（这是他头一回骑马出门），
　再把傻小子扶上这匹马。

他得赶紧走，不能耽误，
　要跨过石桥，穿过峡谷，
要经过教堂，越过丘陵，
　到城里去请一位医生，
可别让苏珊一命呜呼。

用不着马靴，用不着马刺，
　用不着鞭子，用不着棍棒；
强尼他手里有冬青树枝，
瞧他这阵子，闹嚷嚷，傻痴痴，

拿着那树枝来回摇晃。

一遍又一遍，贝蒂嘱咐他
（他是她最疼最爱的心肝）：
哪儿可以去，哪儿要避开；
什么事该做，什么事不该；
怎么向左弯，怎么向右转。

贝蒂还有最要紧的叮咛：
“强尼！强尼！你可要留心：
千万别耽搁，一定要回家，
一定要回家，不管碰见啥；
强尼呵，一定！我求你，一定！”

看强尼怎样回答他母亲：
他点头晃脑，手儿也乱动，
他神气十足，摆弄着笼头，
还唠唠叨叨，咕噜个不休，
他的话贝蒂都能听懂。

这时候，贝蒂好不慌张，
眼看着强尼就要出发；

她轻轻拍打着马儿身上——
　那是傻小子要坐的地方；
她不再急急忙忙催他。

马儿的腿子开始移动，
　瞧这傻小子，傻里呱叽，
他心里一乐，笼头就抓不稳，
　上自脑袋瓜，下至脚后跟，
只因这一乐，全都泄了气！

马儿的腿子开始移动，
　强尼手里的绿色树枝
却僵直如死，不曾摇晃；
　强尼呵，恰像头上的月亮：
纹丝不动，一声不吱。

傻小子心中好不欢喜，
　足足走了五十码距离，
手里的树枝他已经忘掉，
　他也忘掉了骑马的诀窍，
快活，快活，快活的强尼！

他的母亲呢，留在门口，
　站得稳稳的，满脸高兴，
她自家得意，也为他得意：
　他这次出门，装备整齐，
动身的时候，他多么安静！

傻小子动身时一声不吭，
　贝蒂觉得这是个好兆头；
望见他走过路标，向右转，
　望呀，望呀，再也望不见，
贝蒂还不想离开门口。

强尼出声了：哇啦哇啦，
　响得跟一座磨坊差不多；
马儿慢慢走，温顺如羊羔，
　强尼挺开心，大声喧闹，
贝蒂倾听着，越听越乐。

贝蒂赶回去看望苏珊；
　强尼一路上高高兴兴；
猫头鹰叫唤“嘟呜嘟呜”，
　傻小子嘴里叽里咕噜，

他在月光下跨马前行。

他和他的马两情融洽；
　关于这匹马，有个传说，
说是：哪怕它眼瞎耳背，
　哪怕它活到一千来岁，
它也会始终这样温和。

可是这匹马，脑子会想事！
　它一动脑子，便放慢四蹄；
对强尼了解得一清二楚，
　可惜一辈子也没法说出
它背上驮着个什么东西。

月光下，他们穿过小径，
　月光下，他们进入幽谷，
经过教堂，越过丘陵，
　到城里去请一位医生，
来救治可怜的苏珊老姑姑。

这时，贝蒂在苏珊身边
　一个劲说着，正说到一半，

说孩子很快会带来医生，
　还说了不少开心的事情，
说强尼又聪明，又有才干。

贝蒂守候在苏珊身边，
　这时，她已经平静下来：
她在杯盘碗盏间静坐，
　一门心思专诚关注着
苏珊病情的好歹。

可怜的贝蒂，好心的妇人！
　她脸上表露得清清楚楚：
只要什么人有所需求，
　她此刻可以尽其所有，
献出她几年的幸福。

可是我猜想：对贝蒂来说，
　事情往往不那么美满；
她侧着耳朵，向路上倾听，
　听到了杂七杂八的声音——
她不必一一告诉苏珊。

可怜的苏珊，呻吟又长叹；
　贝蒂叫道：“我向你保证：
他就会回来，——现在快十点，
　他回来准在十一点以前，
像天上有月亮那样肯定。”

可怜的苏珊，呻吟又长叹；
　时钟预告十一点快到；
十一点响了，贝蒂说：“快了，
　他到了近边，这就要来了，
像天上有月亮那样可靠。”

时钟响了整整十二下，
　连强尼的影子也没见到；
天上有月亮，这话不错，
　可是贝蒂却不大好过；
苏珊呢，这一夜实在难熬！

半小时以前，贝蒂还数说
　强尼平日的种种胡闹：
“没出息的家伙，淘气的懒汉！”
　类似的名称，长长一大串；

——那样的时辰已经溜掉。

贝蒂心里呀，忐忑不安，
　快乐的时辰已经溜掉；
“是怎么回事，耽搁这么久？
　一定是医生叫他等候；
苏珊！他们俩就会来到。”

苏珊的病情越来越重，
　贝蒂直犯愁，拿不定主意；
没有什么人能够告诉她：
　她该走开呢，还是该留下；
——她犯愁，拿不定主意。

时钟已经敲响了一点；
　在那月光朗朗的路上，
不见医生，也不见强尼，
　没有人踪，也没有马迹；
贝蒂还守在苏珊身旁。

苏珊止不住开始担忧，
　猜测种种不祥的事故：

强尼也许会失足落水，
　也许会迷路，一去不回；
那会叫她俩终生都痛苦。

对此，她露了一半口风：
　“千万别出什么事，上帝！”
苏珊这句话还没说完，
　贝蒂已经跳起来，叫唤：
“苏珊，我真想留下来陪你；

“可是这会儿，我只好离开：
　你想，强尼的脑瓜不好使；
对他，我们得小心关照，
　要是他送了命，伤了手脚。”
苏珊忙喊：“上帝呵！别出事！”

“怎么办？”贝蒂临走又问道，
　“怎么办，能让你舒坦一点？
好苏珊，告诉我，我就留下；
　你的病真叫人担心害怕；
我很快就会回到你身边。”

“别管我，走吧！好贝蒂，走吧！
　什么也不能让我舒坦。”
贝蒂动身时，还祷告不停，
　她祷告上帝饶苏珊一命，
一定要等她回还。

她在月光下穿过小径，
　她在月光下进入幽谷；
她怎么走的，她怎么跑的，
　她嘴里怎么絮絮叨叨的，
说来不中听，不必细述。

高也好，低也好，上也好，下也好，
　大家伙，小家伙，圆东西，方东西，
灌木丛，林莽里，黑影中，绿荫下，
　树杈间，楼台上，都恍惚见到他：
强尼，强尼，处处是强尼。

她在过桥时忽生一念，
　惹得她心里又急又痛——
说不定强尼把马儿甩掉，
　跳进河水里把月亮打捞，

从此消失得无影无踪。

如今她独自站在高坡上，
　四野开阔，她察看周遭；
在羊齿丛间，在荆豆丛里，
　看不见强尼，看不见马匹，
看不见医生和他的向导。[①]

“圣徒呵！他如今是好是歹？
　也许他爬上了一棵橡树，
在树上待着，一直到死；
　也许傻小子碰见了拐子，
被拐入吉卜赛流浪家族。

“也许那匹马把他送到
　漆黑的山洞，魔鬼的庄园；
也许在古堡，和妖精一道，
　他正在走上死路一条；
也许戏耍在瀑布旁边。”

① 医生的向导即强尼。

这时，她快步向城里走去，
　咕哝着，抱怨苏珊老婆子：
“要不是苏珊她病成这样，
　强尼呵，他就还会像往常
守在我身边，一直到我死。”

可怜的贝蒂，昏头昏脑，
　竟把那医生也数落起来；
她疯疯癫癫，说些傻话，
　连那匹顶顶温顺的小马
也同样遭她责怪。

如今她已经到了城里，
　连忙跑向医生的住处；
寂静笼罩着四面八方；
　这一座城镇，又宽又长，
像天国一样静穆。

这时，她来到医生家门口，
　她掀动门环，敲了又敲；
医生在窗口露出身影，
　倦眼惺忪，瞌睡还没醒，

一只手摸着破旧的睡帽。

“医生呵医生！我的强尼呢？”
　“我在这儿哪，你找我干啥？”
“好先生！我是贝蒂·福伊，
　我孩子丢啦——可怜的强尼！
您也认识他——您多次见过他！

“他脑瓜不如别人聪明！”
　“是魔鬼把他的聪明毁了！”
医生说，神气有几分粗暴，
　“他丢了，在哪儿，我怎么知道！”
嘴里嘟囔着，他又去睡了！

“我真是苦命！我真是苦命！
　倒不如在这儿死了拉倒；
本想在这儿找到他，偏偏
　远处近处找遍了也不见，
我这为娘的好不烦恼！”

她停下，站住，向四方张望，
　弄不清她该奔向哪一方。

她若有勇气再把门敲，
　也不致如此痛苦无告；
钟敲三点——像丧钟敲响！

她赶紧沿街向前跑去；
　不必惊诧她精神错乱：
丢失了孩子，她胆战心惊，
　再也想不起请医生治病，
再也想不起可怜的苏珊。

如今贝蒂她站在高坡上，
　望得见前方几里路程；
“可怕！我活了快到六十年，
　没见过这样可怕的夜晚，
四外见不着一个人影。”

她侧耳倾听：一片沉寂，
　人声马蹄声全都没有；
溪水静静轻轻地流淌，
　几乎听得见小草茁长——
要是听得见，就在这时候。

长夜漫漫，天空湛蓝，
　猫头鹰啼声互相呼应，
它们是情侣，却不在一处，
　拖长的颤音如泣如诉，
回声响遍了远山近岭。

可怜的贝蒂，完全绝望了，
　便想到那种要命的罪行；[①]
她走过一片青草池塘，
　忙不迭避开，慌慌张张，
生怕自己会投水送命。

贝蒂坐下来，哭个不休，
　她从来没流过这么多眼泪；
“我的马儿呵，亲爱的乖乖！
　快快送我那傻小子回来！
我再不叫你干重活、受累。”

一个念头闪入她脑际；
　那马儿心眼好，性情温顺，

① 要命的罪行，指自杀，基督教认为自杀是一种罪恶。

我们常将它好生看觑，
　说不定它沿着山谷走去，
把我的强尼驮进了树林。

贝蒂跳起来，像飞一样快；
　要命的念头已一去不回；
哪怕她走过五十口池塘，
　想遍了形形色色的名堂，
也不会想到投水。

读者呵！但愿我能告诉你
　强尼和马儿此刻的行踪！
这一夜，他们干了些什么，
　要是我能够写成诗歌，
听起来一定趣味无穷。

也许（并不是想入非非），
　此刻，傻小子跨着那匹马，
正在高山峭壁的绝顶，
　想要伸手摘一颗星星，
装在衣兜里把它带回家。

也许，强尼倒骑着那匹马，
　脸儿朝着马儿的尾巴，
不说不动，惊奇得出了神，
　沉默得像个骑士的鬼魂，
慢慢悠悠沿山谷走下。

也许，他成了威猛的猎人，
　正在打猎，把绵羊追袭；
那一带山谷，翠绿清爽，
　他要是待上五个月时光，
那里会变成一片荒地！

也许，他浑身火烧火燎，
　就像是凶神恶煞附了体，
正赶着马儿远远跑开，
　一直跑下去，再不回来；
真是个害人精，叫人着急！

十四年来，无形的契约
　叫我学艺于诗神门下；[1]

① 作者于1784年开始写诗，到1798年写这首诗时已有十四年。

诗神呵！帮助我，让我讲完
　强尼的遭遇，至少，讲一半：
那实在离奇，令人惊诧。

高贵诗神呵！这算仁慈吗？
　为什么拒绝我的恳请？
为什么再不肯将我扶助？
　这样撇下我，伶仃孤苦！
对你，我可是一片深情！

是谁在那边，离瀑布不远——
　瀑布飞泻着，雷一般轰响；
是谁在那片朗朗月光下，
　像没事一般，无牵无挂，
直挺挺坐在吃草的马儿上？

看样子，是他放松了缰绳，
　让马儿自由自在地吃草；
对月亮星星，他毫不留意；
　这样的情节呵，恰似传奇：
是强尼！是他！不差分毫。

那也正是他那匹马儿!
　可她呢?贝蒂·福伊在哪儿?
担惊受怕她实在受不住;
　她听到哗啦啦乱响的瀑布,
却没有找到她的傻娃儿。

你这匹马儿,可真是金不换:
　大放宽心吧,贝蒂老嫂子!
她来了,穿过那丛丛林木,
　她看见,看见了,清清楚楚:
她心爱的娃儿,她那傻小子。

贝蒂也看见了她那匹马儿;
　你怎么站着不动,好嫂子?
这不是幻影,这不是鬼魂,
　这正是你那走失的亲人,
你心爱的娃儿,你那傻小子。

她定睛细看——她举起双臂——
　她尖声高叫——身子却动不了;
她猛扑过去,比瀑布还急,
　险些儿把马儿撞倒在地,

她把傻小子紧紧搂抱。

强尼开口了，大声笑起来；
　是出于顽皮？是出于高兴？
我也说不准；可是，他一笑，
　贝蒂便快活得不可开交：
又听到傻小子可爱的声音！

她跑到马儿尾巴这边，
　又跑到马儿脑袋那头，
左边看一看，右边瞧一瞧；
　过度的幸福实在也难熬，
只见她两行眼泪流呀流。

她把那孩儿——心爱的傻小子
　吻个不停，一遍又一遍；
在这儿也快活，在那儿也高兴，
　不管在哪儿都不肯安静，
手脚也变得活泼灵便。

这是啥时候？这是在哪儿？
　她都不知道；只拍着小马，

那马儿心里大概也高兴，
　可是外表却比她平静，
它的喜悦你很难觉察。

“强尼呵！别管医生不医生；
　你已经尽了力，这就够啦。”
她说完这话，便抓起马缰，
　把马儿脑袋拨转了方向，
离开那瀑布走啦。

这时，群星已悄悄隐没，
　月亮正徐徐落向山头——
它此刻多么苍白暗淡！
　巢中的鸟儿已开始动弹，
却不曾转动歌喉。

小马，贝蒂和她的孩儿，
　弯弯绕绕地穿过林谷；
那是谁呀，这么早就出来，
　在崎岖山路上一瘸一拐？
不是别人，是苏珊老姑姑！

苏珊在病榻上想来想去，
　可怕的念头将她缠扰，
既担心强尼，也担心贝蒂；
　当她的心里越来越急，
病情却越来越好。

她在病榻上翻来覆去，
　疑虑和恐惧没完没了；
她一桩一件仔细琢磨；
　当她的心事越来越多，
病情却越来越好。

“哎呀！他们俩是好是歹？
　提心吊胆的，我受不了啦！
我出去看看。”说到这里，
　苏珊从床上一跃而起，
像魔法把病治好啦。

她走了出去，上坡下坡，
　树林边，望见了他们两个，
她连忙喊叫，向他们招呼；
　这真是一次欢乐的会晤

基督教国土常有的欢乐。

三人一马往家里走去，
　猫头鹰响着最后的拖腔；
它们一整夜啼叫不止；
　我的歌是从猫头鹰开始，
也要以猫头鹰收场。

回家的路上，贝蒂叫道：
　“强尼，你说给我们听听：
这一夜你都在哪儿待着？
　听见些什么，瞧见些什么？
强尼，你千万要说实情！”

强尼一整夜，听见猫头鹰
　混声合唱，和谐而优雅；
天上的月亮，他准能瞧见：
　从晚上八点到早上五点，
他都在月亮底下。

强尼像一个勇敢的旅行家，
　对贝蒂的问话傲然回答：

"嘟呜嘟呜的公鸡老叫着，
冰冷冰冷的太阳老照着！"①
（是原话，一字不差。）
就这么两句，有声有势，
讲完了他这次远征的故事。

（1798年）

① 强尼把猫头鹰说成公鸡，把月亮说成太阳。"嘟呜嘟呜"是模拟猫头鹰的叫声。

迈　克　尔

要是你离开大路，沿着那一条
喧闹的山溪——格林赫吉尔走上去，[①]
你就会猜测：前边的山径很陡，
要辛苦攀登，而在攀登的路上
就只有荒山野岭立在你面前。
别泄气！你瞧，那喋喋的溪水四周，
群山已经敞开了它们的怀抱，
让出地盘来，形成了一片幽谷。
远近看不到人烟；要是有旅客
来到这里，会发觉：除自己而外，
就只有大大小小的岩石，几头
吃草的羊儿，和几只盘旋的老鹰。
这里可真是荒凉满目；我本来
不会提到这地方，若不是为了

① “格林赫吉尔”是一条山间小溪的名称，这条小溪流入罗塞河，罗塞河又流入格拉斯密湖。

一样东西——你可能走过它跟前，
虽然看到它，却毫不在意——瞧呵，
溪水旁边那一堆散乱的石头！
多么平凡的一样东西，却藏着
一个故事——没什么离奇情节，
然而，当冬季在炉边闲坐。或夏天
在树下纳凉，讲起来却也动听。
谷地里住着牧羊人，他们的故事
我听过不少，听得最早的是这个。
我喜爱这些牧羊人，倒不是由于
他们自身，而是由于这一片
原野和山岭——他们游息的地方。
那时，我是个孩子，不喜欢念书，
而由于自然景物的温柔感染，
已经体会到造化的神奇力量；
那时，这故事引导过我，去探索
我自身之外别人的悲欢，去思考
（当然，杂乱无章，也很不充分）
人，人的心灵，和人的生活。
因此，尽管这故事平凡而粗陋，
我还是把它讲出来，相信有一些
天性淳朴的有心人会乐于听取；

我还痴心地指望：它能够打动
年轻的诗人——他们，在这些山岭中，
我离去以后，将会接替我歌唱。

　　在格拉斯密谷地里，森林旁边，[①]
住着一个牧羊人，名叫迈克尔；
老了，性子可刚强，手脚也硬朗。
从少到老，他那一副身子骨
一直是强健非凡；又俭省，又勤快，
心灵手巧，干什么活计都在行；
在他们牧羊人当中，他也比别人
遇事更留神，办事更干脆利落。
不论刮的是什么风，狂风唱的是
什么调，他都明白其中的含义；
往往，当别人谁也不曾留神，
他却听到了南风在隐约吹奏，
仿佛远处高山上传来的风笛。
这个老牧人，听到了这个信号，
便想起他的羊群，便自言自语：
“这股风，它想派点活计给我干！”

① 格拉斯密谷地，在英格兰北部威斯特摩兰郡，附近有格拉斯密湖和格拉斯密村。华兹华斯的旧居“鸽舍”和他的墓园都在这一带。

这话不假：不论是什么时辰，
只要风暴一来，行人趋避，
老汉便上山；不知有几千几百回，
他在山上被浓雾重重围裹，
独自坚持着，从雾起直到雾散。
就这样，这老汉活过了八十个年头。
谁要是猜想，这里的青山、翠谷、
溪流、岩石，都与牧羊人的心境
漠不相关，那可就大错特错了。
这原野，他常在这里畅快地呼吸；
这山岭，他曾多少次健步攀登；
这些熟悉的老地方，把多少往事
（他的辛劳和艰险，本领和胆量，
欢乐和忧愁）铭刻在他的心底；
这些老地方，像书本一样，记录着
那一群哑巴畜生的经历——它们
他喂过，掩护过，风暴里多次抢救过；
凭这些辛劳，保住他正当的收益；
原野和山岭（它们会短缺什么？）
已经牢牢执掌了他的心灵；
他对它们的热爱，几乎是盲目的，
却又是愉悦的，是生活本身的愉悦。

迈克尔并不是独自一人过日子。
他老伴，原先长得挺秀气，如今
也老了，却比他足足年轻二十岁。
她是个整天手脚不闲的家主婆，
一心扑在家务上；房里有两架
老式的纺车：大号的用来纺羊毛，
小号的纺麻；要是有一架停了，
那是因为另一架转得正欢。
老两口跟前还有个独生儿子；
这孩子出世那年，迈克尔数了数
自己的一把年纪，寻思自己
也该算老啦——正像乡下人说的，
一条腿已经入土啦。老两口，儿子，
风暴里磨炼出来的两条看羊狗
（有一条真厉害，简直是千金难买），
这五口便是迈克尔一家。说真的，
这一家勤劳刻苦，干起来没个完，
谷地里无人不晓。老汉和儿子
白天在外边干活，晚上才回来；
回来以后，也还要忙这忙那；
要歇息一会儿，只有吃饭的时刻——
到那时，他们才坐到干干净净的

饭桌旁边：篮子里堆着燕麦饼，
一个人一碗脱脂奶，一碗菜汤，
还有家里自做的粗淡干酪。
这顿晚饭一吃完，老汉和儿子
（他名叫路克）又赶紧做起事情来，
免得两手在炉火旁边闲得慌；
他们总有那么多事情要做：
不是把羊毛梳理好，供纺车使用，
便是把残缺破损的农具、家具——
镰刀啦，弯刀啦，连枷啦——再给拾掇好。

　天光一昏暗，家主婆便把一盏灯
挂在天花板下面、烟囱旁边；
烟囱是老式的，又粗笨，又土里土气，
它挡在那里，把下边一大块地方
都遮成黑乎乎一片；他们那盏灯
也老掉牙了，要是问它的工龄，
准保超过了所有的同类。天一黑，
它就亮起来；到了深更半夜，
单单剩下它，跟无数时辰做伴——
这些时辰，一年又一年地流走，
看到，又只得撇下，这一对公婆，

没多少乐趣，心情也未必舒坦，
可总是悬着目标，怀着希望，
过着这种勤苦操劳的生活。
如今，路克长大了，到了十八岁。
半夜里，爷儿俩还坐在那盏灯底下；
家主婆摇着纺车，专心干活，
四外静悄悄，只有这一座小屋
像夏天的蝇子一样嗡嗡直叫。
这灯光，在附近一带出了名，正好是
老两口所过勤俭生活的象征。
说来也凑巧，他们这一座小屋
孤零零立在一块隆起的高地上，
看的地方可远啦：北边和南边
望得见伊斯山谷、丹美尔高阜，
西边望得见靠近湖边的村子；
这一点灯光，每晚都准时出现，
又照得那么远，所以这片谷地里
老老少少的居民，给这座小屋
起了个外号，叫作“晚上的金星”。

长年累月，他们就这样过下去。
老牧人爱他自己，也爱他老伴；

可是从迈克尔心里来说，他晚年
得来的这个儿子却更为亲爱——
那原因，除了天生的骨肉之情
（这一种痴情，人人心里都会有），
主要还在于：一个垂暮的老人，
本来没什么指望了，偏偏却得了
一个孩子，这可比什么都强——
这叫他有了希望，有了奔头，
叫他振奋，也叫他激动不安。
他对儿子的热爱胜过了一切，
儿子是他的心肝，是他的幸福！
路克还是个偎在怀里的婴儿，
迈克尔就跟慈母一样照料他，
并不是单单为了逗乐开心——
就像一般做父亲的通常那样，
而是下苦功学会耐心和温柔，
像妇人一般，把摇篮轻轻摇晃。

　　又过了一些日月，他们这娃娃
快要穿上童装了；别看迈克尔
性子又硬又倔，他可最喜欢
让这小家伙待在他身边——不论他

是干地里活，还是坐在凳子上，
前面是一头羊，拴住了，趴在那里，
紧挨着一棵又高又大的橡树；
这棵树，孤零零立在小屋门外，
绿叶稠密，剪羊毛的时候，正好
靠它来遮阴，乡下人给它起个名，
叫作“剪毛树”，——至今还这么叫它。
那时，他们爷儿俩坐在树荫里，
旁边是剪毛的帮工们，干得正欢，
剪刀底下，羊儿都趴着不动；
要是这孩子捣乱，拽住羊腿，
或是他大声嚷嚷，惊吓了羊儿，
迈克尔就会硬起心肠，用那种
又疼爱又责备的神情，瞪他几眼。

　蒙老天恩典，这小子越长越结实，
红扑扑两块脸蛋，活像是两朵
开不败的玫瑰。他五岁那年冬天，
迈克尔亲手从一片矮树丛里
砍下来一棵树苗，用铁箍箍好，
上上下下，缺什么装上什么，
做成了一根地地道道的放羊棍，

把它交给这娃娃。有了这玩意儿，
他便活像个小羊倌，兴冲冲站在
门边或缺口，把羊儿拦住或赶开。
要他干这种差事，未免早了点：
你不难想象，小淘气站在羊群里，
又像给他爹帮忙，又像帮倒忙；
别看他举棍子，喊叫，瞪眼，晃拳头
吓唬羊群，哪一样也没少干，
我还是相信：这小子难得有几回
从他爹那儿得到夸赞和奖赏。

　路克满了十周岁，已经顶得住
山上的狂风；一天又一天，跟他爹
爬山过岭，不怕劳累，也不嫌
路远难熬，爷儿俩成了好搭档。
老牧人向来喜爱的原野和山岭，
这时仿佛都变得更加可爱了；
是这个孩子给了他柔情和活力，
好比太阳的光辉，天风的音乐；
老人的心境就像是转世重生——
这些，还用得着我来一一细讲？

就这样，父亲眼看着儿子长大了；
如今，路克到了十八岁；老牧人
每天的希望，安慰，全在他身上。

这一户淳朴人家，日子就这样
一天一天过下去，直到有一天
老牧人耳边传来了恼人的音讯。
原来，迈克尔早在多少年以前
就给他一个侄子当了保人；
那侄子，辛苦发家，钱财不少；
意想不到的祸事从天而降，
把家财赔损一空；如今迈克尔
既然是保人，免不了要替他还债：
是一笔大数目，说起来叫人心疼，
差不多抵得上他整个家业的一半。
这个意外的消息，他刚一听说
便灰心丧气，觉得这样的祸事
天底下哪个老年人也经受不起。
后来，他打起精神，想方设法
对付眼前的难关；想来想去，
只有一条路好走：马上卖掉
他家里那份祖传的田产。开头，

他这么决定了；后来，左思右想，
心里实在舍不得。他听到这消息
两天以后，对他老伴说："伊莎贝，
七十多年来，我一直辛辛苦苦；
这些年，咱们谁不是靠上帝恩典，
在太阳底下过日子？咱们那块地
要是落到了外人手里，往后，
我就是入了土，在土里也睡不安稳。
咱们命苦哇！天天从东头往西头
猛跑的太阳，也不比我更勤快；
我活了这些年，到头来稀里糊涂
捅了这么个娄子，带累了一家。
那个人要是骗咱们，他就是坏蛋；
要是他没有骗咱们，这笔钱也不该
咱们出，世上有成千上万的阔人
出这么一笔钱简直不当一回事。
我不怪罪他；——说这些还不如不说。

"我本来不想说这些，我想说的是
对付这件事，咱们有办法，有指望。
伊莎贝，我想叫路克出门走走；
可是那块地，咱们一定得保住；

那块地会是路克的，会是自由的，
自由得就像它上边刮过的轻风。
咱们还有个亲戚，这你也知道；
他走运，做生意发了财；咱们出了事，
他会帮忙的。叫路克上他那儿去；
靠亲戚帮忙，再靠他自己节省，
很快能攒下钱，补上这一笔亏空；
这事一办妥，咱们就叫他回来。
眼下他留在家里，又能干什么？
这地方人人都穷，上哪儿挣钱去？”

　老汉说完了；伊莎贝坐着不吭气，
心里可忙着呢，想着从前的事情。
她想起：有个男孩，叫理查·贝特曼，
是孤儿，靠教区公费养活；乡亲们
在教堂门口给他募了一次捐，
得了些先令、便士、半便士，给他
买了个篮子，装上些日用杂货；
这小子挎着篮子，上了伦敦；
后来，在那儿跟上了一位大老板，
那老板见他本分，便不派别人，
单单派去他照管海外的分店；

他在那边发了财，成了阔佬；
临死的时候，把财产留给穷人，
还出钱给老家新盖了一座教堂，
地下铺的大理石也是外国货。①
伊莎贝想起这件事，接着又想起
别的几件事，想着想着，她也就
舒眉展眼了。老头子满心高兴，
又接着住下说："伊莎贝，你听我说呀，
这两天，我这么一盘算，可把我乐坏了。
咱们能挣的，比咱们丢了的多得多。
有这些也够了；——我要是年轻点多好啊；
眼下有这么个盼头，也就不错啦。
给路克找几件好衣裳，不够，再给他
买几件顶好的；明天就叫他动身；
要不然，就是后天；要不然，今晚：
只要今晚走得成，今晚就走。"

　迈克尔说完了，松松爽爽，起身
向地里走去。接着，整整五天，
家主婆从早到晚，片刻不停，

① 这里叙述的乃是真人真事，但贝特曼的教名不是理查而是罗伯特。"海外"指意大利西海岸的里窝那。贝特曼为故乡修建的小教堂至今犹存。

拿出她最好的手艺，给儿子添置
这次出门需要的衣服用品。
星期天到了，伊莎贝倒也乐意
把活计停下来：因为接连两晚上
她躺在迈克尔身边，听见老头子
翻过来转过去，唉声叹气没个完；
早晨爬起来以后，她看得出来
他灰头土脸，就像丢了魂一样。
这天晌午，娘儿俩在门口坐着，
她对路克说："孩子，你千万不能走；
我们就生你一个，丢了你，就没啦；
丢了你，就没什么人可想啦；——别走，
你要是走了，你爹非死了不行。"
小伙子却乐呵呵的，劝母亲宽心。
伊莎贝，把担心的事儿一说了出来，
心里也就踏实了。晚上，她做了
最好的饭菜，一家人坐在一起，
又开心，又热火，像过圣诞节一样。

　天一亮，伊莎贝又去忙她的事情。
接着，整整一星期，这座小屋里
喜气洋洋，赛似春天的树林子。

他们那位亲戚的回信来了，
好心好意向他们担保：他一定
尽力而为，给这个孩子帮忙；
接着又补上一笔：事不宜迟，
叫孩子马上动身，上他那儿去。
这封信，他们至少念了十来遍；
伊莎贝走东家串西家，拿信给邻舍们
传看；那时，偌大的英国国土上，
再没有什么人比路克更扬扬得意啦。
伊莎贝回到家里，老头子对她说：
“他明天就动身。”家主婆听了这话，
便说：有不少事情还没有办好，
走得这么急，准保会丢三落四，
不是忘了这，就是忘了那。后来
她总算答应了，迈克尔也就放了心。

靠近那喧闹的山溪——格林赫吉尔，
在那片幽谷里，迈克尔早就打算
给他的羊群砌一座新的羊栏。①
当他还不曾听到那恼人的音讯，

① 据作者原注，当地山民的羊栏由几堵石墙围成，没有顶棚；常位于溪涧旁边，以便取水。

便已经从附近搬来了不少石头，
靠那条溪水旁边堆放在一起，
为这座羊栏动工做好了准备。
那天傍晚，他特意带着路克
到那儿走了一遭；刚一到那儿，
老汉便停下脚步，说道："孩子，
明天你就要走了。我满心疼爱，
眼巴巴瞅着你。是你呀，正是你，当初
还没生下来，就成了我的盼头；
生下来以后，天天是我的甜头。
咱们爷儿俩从前的一些事，我要
说给你听听；你在外边的日子里，
想想这些事有好处；有的事我不说
你就根本不知道。——你刚生下来，
就迷迷糊糊，睡着了两天两夜
（才生的娃娃，这种事倒也常见）；
那时候，为你祷告祝福的话儿
便从你爹舌头上滚下来。日子
一天天过去，我爱你越来越深。
记得咱们家火炉子旁边，头一回
听到你哼哼唧唧——没有词儿，
是天然的调子——那时候你还吃奶呢，

一高兴，就在你妈怀里哼起来。
比这更好听的声音，天底下什么人
也没听见过！多少年，我的日子
都丢在地里，丢在山头了；要不然
我会把你抱在膝头上养大的。
可是，咱俩还是玩伴儿呢，路克，
你总该记得；在这些山头上，咱俩
老是一块玩；有这老家伙陪着，
小家伙开心的事儿哪一样也不缺。”
路克本是个硬汉子，听了这番话
也抽抽搭搭哭起来。这时老牧人
抓住他的手说道：“别，别这样，
我明白，我本来用不着再提这些事。
为你，我心也操尽了，劲也使完了，
待你这么好，算得上一个好爸爸；
其实无非是：人家怎么样待我，
我也怎么样待人。别看我今天
早过了世上一般人入土的年纪，
我可还记得小时候疼我的爹妈。
他们俩一块睡下了，在这块地方
他们过了一辈子，祖宗、老祖宗
也全是这样，日子一到，都乐意

把身子交给祖传的坟山。本来，
我指望你也像他们那样，一辈子
不离家；可是往回看，日子这么长，
六十年也只挣下这么点家业。
咱们这块地，刚到我手里的时候，
租子重着呢；到我四十岁那年，
这一份产业还有一半不属我。
我拼死拼活地苦干；靠上帝恩典，
到三个星期以前，它全是我的啦。①
看起来，叫它再换个新主子，它可
受不了。路克，我给你出的主意
要是错了，那就求老天饶恕；
不过，照我看起来，你还是去的好。”

　这时，老汉停了一会儿，然后
便指着身旁那一堆石头，又说：
“本来，这是咱俩的差事；如今
得我一个人来干了。我要你，在这儿，
先摆好一块基石——你亲手给我摆。

① 当时英国持有土地的农民分为“自由持有农”（freeholders）和“公簿持有农”（copyholders）两种。后者需向地主缴纳固定地租；但也可以出钱买下自己持有的土地，从而转化为前者。迈克尔所叙述的情况即属此类。

别难过，孩子，咱们有指望；日后的
好光景，我看咱俩都亲眼见得着。
我八十四了，身子骨还硬朗，还结实；
你去尽你的本分吧，我来尽我的。
好些事，本来是交给你干的，又得
靠我了。往后，我得一个人去放牧，
一个人爬山过岭，风里来雨里去；
好在这些事，你还没出世以前，
我早就一个人干惯了。——老天保佑你！
这两个星期，因为有指望，有盼头，
你心里嘣嘣直跳，——这也怪不得。
我知道，路克，你不会想要离开我；
把咱俩拴在一块的，没别的，只有爱。
你走了，你爹你妈还剩下什么！
唉！我把正经事忘了。听我说，
照我的吩咐，把这块石头摆好。
路克，从明天往后，你到了外边，
要是有什么坏人把你缠上了，
那你就想想我吧，就想想今天
这个时刻吧，把心思转向家里吧，
上帝会扶你一把的。要是有什么
邪门歪道勾引你，我求你记住

你祖祖辈辈是怎么过活的：他们
心地清白，就知道一心做好事。
好了，祝福你一路顺风，孩子！
咱们的羊栏，如今还没个影儿呢，
等你一回来，你就瞧得见：完工啦。
这就算咱俩订下的一份合同吧。
不管你日后怎么样，我爱你不会变，
到我入土的时候，也还惦记你。”

　老牧人说完了，路克便弯下腰去，
照他爹的嘱咐，摆好这座羊栏的
第一块石头。这时，老汉止不住
一阵心酸，他搂住儿子，流着泪
亲他；然后，他们就一路回家。
这个家，在天黑以前，安安静静——
也许，只是表面上安安静静吧？
第二天天一亮，路克便匆忙动了身；
一走上那条大路，便装出一副
满不在乎的神气；他一路走过
邻近各家各户的门口，乡亲们
都来到门前跟他道别，祝福他
称心如意，一直眼看他走远。

他们那亲戚送来了好消息，说路克
干得不错；路克也连连写信来，
讲城里七七八八的奇闻怪事；
老两口念信的时候有多么高兴
那就甭提了；伊莎贝逢人便说：
“信写得这么棒，天底下有谁见过！”
过了几个月又是几个月，老牧人
还是天天照旧，干他的老行当，
还是兴头十足，信心也十足。
如今，只要抽得出半晌空闲，
他便走向那荒凉山谷，在那里
动手砌他的羊栏。可是这时候
路克有点不那么安分守己了；
到后来，在那座荒淫浪荡的城市里，
他终于陷进了泥坑；丑事和耻辱
弄得他没脸见人，最后他只得
逃到海外去，找一个藏身之所。

在爱的强大力量中有一种安慰，
它能使祸事变得可以忍受，
否则，这祸事是会搅昏头脑，
捣碎心灵的。我和谷地里好几个

熟识老汉的村民交谈过，他们
都清楚记得老汉的生平，也记得
他儿子出事以后那几年的情况：
从少到老，他那一副身子骨
一直是强健非凡。他照样上山去，
仰望太阳和云彩，听风的呼唤；
照样干各种活计，侍弄那群羊，
侍弄那块地——他那份小小产业。
也时常走向那一片空旷山谷，
给他的羊群砌那座新的羊栏。
和我交谈的村民都没有忘记
那时节人人心里对他的怜惜；
人人都相信：有好些好些日子，
尽管这老汉到了羊栏工地，
却不曾在那上边垒一块石头。

　那儿，挨着那没有砌好的羊栏，
有时候可以看见他独自坐着，
要么，还有他那条忠心的看羊狗，
也老了，陪着他，蜷伏在他的脚旁。
整整七年里，他还在断断续续
砌那座羊栏，没完工，他就死了。

伊莎贝比她老头子晚死三四年；
她死的时候，他们家那份产业
已经卖出去，落到了外人手里。
那座小屋——“晚上的金星”，也没了，
它的地基早已被犁铧犁翻；
周围左右，样样都变了；只剩下
那棵橡树（长在小屋门外的）
还立在原处；再就是那堆石头——
没有砌好的羊栏遗迹，还留在
那喧闹的山溪——格林赫吉尔旁边。

（1800年10月11日—12月9日）

瀑布和野蔷薇

“滚开，你这莽撞的小东西！”
　我听到厉声叫喊，
“你怎敢愣头愣脑，在这里
　把我的去路阻拦！”
下雪后，小瀑布刚刚涨了水，
就这样吓唬可怜的野蔷薇；
　野蔷薇周围溅满了飞沫，
它忽上忽下，颤动摇摆——
像晦气人家委屈的小孩，
　日子真不大好过。

“你怎敢堵在我路上？小东西！
　滚开！再不滚，我就
踢翻你扎根的石块，叫你
　头朝下栽个跟头！”
凶猛的洪流冲撞不休，
野蔷薇耐着性子忍受，

　既不叹一声，也不哼一下，
只盼望平安度过这险境；
后来，见瀑布毫不留情，
　便壮起胆子回答。

野蔷薇说道："你别来找碴儿，
　咱们何苦要吵架？
想当初，在这背静的旮旯儿，
　你和我多么融洽！
夏天里，石床上，你把我摇晃，
摇得我周身筋脉都欢畅；
　一天又一天，我片片绿叶
被你滋润得舒爽清新；
我呢，对你这一片好心，
　也用盛情来答谢。

"当花朵含苞，春天来到，
　我便在山石中间
把花冠戴好，向你通报：
　艳阳天近在眼前！
夏天里，我在燥热的时辰，
用花儿和叶子给你遮阴；
　叶子呵，如今已零落满地，

那时却引得红雀来栖身，
为我们唱出宛转的清音；
　你那时没什么声息。

“如今你变得心高气傲。
　眼见我遭罪受苦，
怎么不想想：咱俩在一道，
　能过得多么舒服！
尽管我花儿叶子都落尽，
却也留下了光鲜的装饰品——
　蔷薇果，红通通，又密又多；
我待人温顺，如今在冬天，
拿这些红果子把你来装点，
　野蔷薇也就快活！”

它是否还说了别的，不清楚；
瀑布轰鸣着，奔下石谷；
　别的我不曾听见；
野蔷薇在发抖；我真害怕——
唯恐它方才说的那番话
　会是它最后遗言。

（1800年）

致 雏 菊

那边的大世界热闹非凡，
这边没事做，没热闹可看，
我还是再来找你攀谈，
　可敬的雏菊！
你是自然界平凡的草木，
神态谦恭，容颜也朴素，
却自有一派清雅的风度——
　爱心所赋予！

时常，在你盛开的草地上，
我坐着，对着你，悠然遐想，
打各种不大贴切的比方，
　以此为乐事；
定睛望着你，我想入非非，
用各种痴狂虚妄的称谓
来把你赞扬，或把你责备——

全凭着兴致。

端庄的修女，举止谦和；
爱神宫苑里活泼的宫娥，
她那天真憨直的性格
经不起诱惑；
女王，戴一顶红宝石王冠；
瘦子，裹一件单薄的衣衫——
这些名称对于你，依我看，
还都挺适合。

小库克罗普斯，睁圆了独眼，[①]
又像是威胁，又像是挑战——
这古怪念头呵，来得突然，
去得也仓促；
怪影消失，接着又瞧见
银铸金镶的盾牌一面——
作战的小仙子勇往直前，
全靠它防护。

① 库克罗普斯，希腊神话中的圆眼巨人族，他们的独眼长在前额中央，眼上有一道浓眉。

我远远望见你闪闪发光，
好比一颗星，玲珑清爽；
却不如天上群星那样
　皎洁而晶莹；
还是像颗星，银盔闪耀；
你安稳自如，仿佛在睡觉；——
谁敢刁难你，便不得好报，
　便不得安生！

烂漫的花儿呵！遐想都消散，
对你，我终于以“花儿”相唤，
这名称固定了，再不变换，
　恬静的生灵！
你与我同享阳光和大气；
为滋补我的心，请一如往昔
赐我以欢乐，让我学到你
　温良的品性！

（1802年）

绿 山 雀

雪白的花瓣轻轻飘扬，
从果树枝头落到我头上，
周遭是一片耀眼的阳光，
　春日里，晴朗和煦；
多美呀，在这隐僻角落，
在我家果园椅子上独坐，
又一次欢迎鸟儿和花朵，
　去年的旧侣又重聚！

这里，幸运儿聚会的地方，
有一位小客人最为欢畅：
甜美的歌喉，轻灵的翅膀，
　胜过所有的羽族；
欢迎你，山雀！你披着绿衫，
今天，你是这里的指挥官，
是你导演着五月的狂欢，

这里是你的领土！

春花朵朵，蝴蝶，鸣禽，
全都配成了一对对情人；
而你，来回游息于绿荫，
　总是孤零零一个；
这生命，这精灵，像空气一样，
散布着欢乐，不知有忧伤，
你太幸运了，谁也配不上；
　自个儿自得其乐！

微风里，榛树丛光影摇曳，
树丛间，瞧得见栖息的山雀，
它伫立枝头，满心喜悦，
　仿佛还想要飞升；
你瞧！它已经拍动翅膀，
让斑斑阴影、闪闪阳光
洒在它头上，洒在它背上，
　洒遍了它的周身！

它常常弄得我眼花缭乱，
错把它看成绿叶一片；

蓦地，它飞上农舍屋檐，
　倾吐出滔滔歌曲；
树丛里，它曾把绿叶假冒；
这时，它畅快淋漓的曲调
又仿佛是对绿叶的嘲笑——
　笑它像哑巴，不言语。[1]

（1803年）

① 末行的“它”，指绿叶。

致 云 雀[1]

带我飞上去！带我上云端！
　云雀呵！你的歌高昂强劲；
带我飞上去！带我上云端！
　你唱啊唱啊，周围远近
天宇和云霓都悠然回响；
带着我飞升，领我去寻访
你那称心如意的仙乡！

我辛劳跋涉于旷野穷荒，
　到如今已经神疲意倦；
此刻我若有仙灵的翅膀，
　我就会凌空飞到你身边。
你的歌饱含神圣的欣喜，
周围的气氛是狂欢极乐；

① 原诗第一至三节各行音步数从二步到四步不等，第四节大致是每行五步。译诗第一至三节每行四顿，第四节每行五顿。原诗韵式凌乱无规律，译诗兼用交韵和随韵。

带着我飞升，高入云霓，
到你的天国华筵上做客！

像晨光一样怡神快意，
　你纵声欢笑，傲视尘寰；
有小小香巢，与爱侣同栖，
　酣醉的灵禽！你何尝慵懒！
但你又怎肯像我这样
在寂寞旅途上奔波流浪？
快乐的生灵！你豪情激越，
似高山洪水，滔滔奔泻，
纵情歌颂着万能的主宰；
愿欢乐与你，也与我同在！

唉！我的征途坎坷而迂回，
　一路上尘沙满目，荆棘遍野；
然而，只要听到你，或你的同类
　来自天庭的自由愉快的仙乐，
我也就知足了，又奋力向前跋涉，
期待着生命终结后更高的欢乐。

1805年（？）

纺　车　谣[①]

嗡嗡的纺车快转吧！
　夜晚送来了好时辰；
仿佛有神灵帮一把，
　疲弱的手指又来劲；
露水渐浓田地暗，
把纺车摇得团团转！

天上星儿亮又多，
　地下羊儿睡满坡；
加劲干！时辰莫错过——
　羊儿睡了好干活：
纺锤转起来快又稳，
毛线捻出来牢又紧。

① 在威斯特摩兰郡谷地，许多牧人都相信：纺羊毛的好时辰是晚上羊儿睡了以后，这时纺出的毛线更结实，更经久耐磨。此诗就是根据这种说法写成的。原诗民歌风味很浓，每行为扬抑格四音步，末步为单音节。译诗也用民歌体格律，每行四顿，末顿为单音节。

眉眼轻狂情不专，
　相好的日子长不了；
真正的爱情像毛线，
　用羊毛拧得紧又牢——
趁羊群歇在山坡上，
趁羊儿入睡的好时光。

（1812年）

诗人和笼中斑鸠

在这儿，每当我出声吟咏
　还没有写完的诗章，
旁边的斑鸠，在柳条笼子中，
　便应声咕咕低唱；
它本来像树叶一样静默，
　这时却咕咕不停；
是教唱柔和歌曲？是给我
　贫乏的诗才助兴？

我却猜想：这温顺鸣禽
　咕哝着把我责备，
嗔怪我只会别的调门，
　爱的歌曲却不会；
它嗔怪我这山野歌手
　歌唱时心中没有爱，
斑鸠、夜莺的情意与歌喉

　都被我置之度外。[1]

鸟儿呵！你若是这个意思，
　可不该把我诬枉；
爱，崇高的爱，这主旨
　贯穿我全部篇章；
在宁静炉边，在园林幽处，
　爱拨动我的琴弦——
又咕咕叫了！——这回我听出
　那不是责备，是嘉勉。

（1830年12月）

① 欧洲人认为，斑鸠和夜莺的歌曲都是倾诉爱情的。

致 杜 鹃

欢畅的新客呵！我已经听到
　你叫了，听了真快乐。
杜鹃呵！该把你叫作飞鸟，
　或只是飘忽的音波？

我静静偃卧在青草地上，
　听见你呼唤的双音；[①]
这音响从山冈飞向山冈，
　回旋在远远近近。

你只向山谷咕咕倾诉，
　咏赞阳光与花枝，
这歌声却仿佛向我讲述
　如梦年华的故事。

---

① 杜鹃的啼声是“咕咕”，所以说是“双音”。

春天的骄子！欢迎你，欢迎！
　至今，我仍然觉得你
不是鸟，而是无形的精灵，
　是音波，是一团神秘。

与童年听到的一模一样——
　那时，你们的啼鸣
使我向林莽、树梢、天上
　千百遍瞻望不停。

为了寻觅你，我多次游荡，
　越过幽林和草地；
你是一种爱，一种希望，
　被追寻，却不露形迹。

今天，我还能偃卧在草原，
　静听着你的音乐，
直到我心底悠悠再现
　往昔的黄金岁月。

吉祥的鸟儿呵！这大地沃野
　如今，在我们脚下

仿佛又成了缥缈的仙界，
正宜于给你住家！

（1802年3月23—26日）

夜　景

——掩蔽了浩浩长空的
是一片延续不断的浓密浮云：
低沉，绵软，月光里分外白净；
透过这一层帷幔而朦胧隐现的
月亮，仿佛变小了，变暗了，她的光
也变微弱了：山石、树木、楼台
都没有投下浓淡分明的影子。
一个沉思的行人，漫不经心地
低垂着两眼，在一条荒径上踯躅；
蓦然，一道柔美的清辉，在上空
霎时闪现，惊扰了他的幽思；
他仰望：浮云已经向两侧分开，
露出了皎洁的月亮，壮丽的天宇。
月亮正在靛青苍穹上浮游；
无数星星跟在她后面：虽小，
却清晰，明亮，掠过幽冥夜空，

跟着她向前游去，游得好快呵，
总也不消失！清风在树间低语，
星月却默默无言，只顾转动着，
奔向无穷无尽的远方；而苍穹
被大片大片白云团团围绕，
显得越来越深了，深不可测……
终于，这庄严景象悄然隐没了，
而那打动了心灵的深沉愉悦
渐渐凝聚为一片静穆安详，
让心灵为这庄严景象而思索。

（1798年1月25日）

无　题

记得我初次瞥见她倩影，
恍如瞥见了欢乐的精灵；
似神奇幻象，姗姗而来，
给那个时刻增添异彩；
双眸炯炯像黄昏的星辰，
棕褐色秀发也像黄昏；
可是她身上其余的一切
都来自黎明，来自五月；
翩跹的身影，欢愉的神色，
迎人，扰人，动人心魄。

走近她身边，我注目凝神：
是个精灵，也是个凡人！
一举一动都轻快自如，
少女的步态也无拘无束；
甜蜜的经历，甜蜜的前程，

融合于她那欣悦的面容；
明慧，温良，而并不过度，
符合于人性的正常路数；
有恩，有怨，有花招，有烦恼，
有爱，有吻，有眼泪，有微笑。

此刻，凭我明净的双瞳，
俨然看见她血脉的搏动；
她是生死之间的客旅，
一呼一吸都饱含思虑；
清明的理智，谦和的心愿，
毅力与见识，坚强与干练；
是造化设计的完美女性，
给我们安慰、告诫和指令；
却也是精灵：请看，她身上
分明闪耀着天使的灵光！

（1804年）

无　　题[1]

哦，夜莺！我敢于断定
你有“烈火一样的心灵”：[2]
一支支歌曲，锋芒锐利，
激越，和谐，又那样凌厉！
唱得多热烈，莫非是酒神
帮你选中了一位情人？
你尽情歌唱，尽情嘲谑，
顾不得浓荫、清露和静夜；
顾不得历久不渝的恩幸
和林间万类沉睡的爱情。

今天，我听见一只野鹤
把平凡故事又唱又说，

① 这首诗的主旨似乎是：作者认为诗人有两种类型——夜莺型和野鸽型，他本人宁愿属于后一种——较为淳朴、平和、温厚的一种。

② “烈火一样的心灵”一语，出于莎士比亚历史剧《亨利六世》下篇第一幕第四场。

它的歌声隐没在林间，
却又被一阵清风发现；
它不肯停歇，咕咕低语，
深情地求爱，又有些忧郁；
爱情与宁静融合在歌曲里，
缓缓地开始，久久不息；
吐一腔忠诚，诉内心欢乐，
这就是我的歌——我要唱的歌！

（1806年）

无　　题[1]

三年里晴晴雨雨，她长大；
造化说："比她更美的娇花
　世上从来没见过；
这妮子，我定要把她收回；
她该是我的，我该有一位
　随身女伴陪着我。[2]

"让这乖孩子和我在一起，
让我做她的法度和动力；
　不论在天堂、人世，
在林中、屋里、平地、山崖，
她都在我的照管之下，
　受我鼓励或节制。

---

① 这是"露西组诗"之一。

② 造化即自然（Nature），为阴性（参看《鹿跳泉》的最后一条注释）。在这首诗中，造化与露西的关系像母女、像师生，也像主母和女伴。

“她要像小鹿般欢腾嬉戏，
有时兴冲冲跃过草地，
　有时又奔上山头；
乡野间飘溢的芳香气息，
无言木石的安恬静谧，
　我都要让她享有。

“流云会给她轻柔的姿态；
垂柳会为她把枝条摇摆；
　她从动荡的风暴
也能窥见优美的形影——
这些形影以默默温情
　把少女丰姿塑造。

“午夜的星辰会和她热络；
在那些隐僻幽静的角落，
　她也会侧耳倾听：
听溪水纵情回旋舞蹈，
淙淙水声流露的美妙
　会沁入她的面影。①

① 劳伦斯·霍思曼（1865—1959）认为，这两行诗，除了华兹华斯以外，英国任何大诗人都写不出。

“青春的活力，愉悦的柔情，
会使她身材玉立亭亭，
　娇小的胸脯隆起；
等她来到这快乐山谷，
当她在这里和我同住，
　我要开导她——露西。”

造化说过了，便着手施行——
好快呵，露西走完了旅程！
　她死了，给我留下来
这一片荒原，这一片沉寂，
对往日欢情的这一片回忆——
　那欢情永远不再。

（1799年）

无　　题[①]

昔日，我没有人间的忧惧，
　恬睡锁住了心魂；
她有如灵物，漠然无感于
　尘世岁月的侵寻。

如今的她呢，不动，无力，
　什么也不看不听；
天天和岩石树木一起，
　随地球旋转运行。

（1799年）

① 这是“露西组诗”之一。原诗第一节用过去时式，第二节用现在时式，两节显然是今昔对比，第一节写露西生前，第二节写她死后。

水　　仙

我独自漫游，像山谷上空
　悠悠飘过的一朵云霓，
蓦然举目，我望见一丛
　金黄的水仙，缤纷茂密；
在湖水之滨，树荫之下，
正随风摇曳，舞姿潇洒。

连绵密布，似繁星万点
　在银河上下闪烁明灭，
这一片水仙，沿着湖湾
　排成延续无尽的行列；
一眼便瞥见万朵千株，
摇颤着花冠，轻盈飘舞。

湖面的涟漪也迎风起舞，
　水仙的欢悦却胜似涟漪；

有了这样愉快的伴侣，
　　诗人怎能不心旷神怡！
我凝望多时，却未曾想到
这美景给了我怎样的珍宝。

从此，每当我倚榻而卧，
　　或情怀抑郁，或心境茫然，
水仙呵，便在心目中闪烁——
　　那是我孤寂时分的乐园；
我的心灵便欢情洋溢，
和水仙一道舞踊不息。

（1804年）

苏珊的梦幻[1]

伍德街拐角，曙光已显现，[2]
画眉高叫着，它叫了三年；
穷苦的苏珊，她常常路过，
静静晨光里听画眉唱歌。

这调子真迷人；她怎么不舒服？
她仿佛望见了山峦和树木；
团团的白雾飘过洛伯里，
河水奔流在奇普赛谷底。

她望见谷地里青碧的牧场，
那儿，她常常提着桶奔忙；
孤零零的茅舍，像个鸽子窝，

① 据查尔斯·兰姆写给华兹华斯的一封信，这首诗中的苏珊实有其人。这个贫苦女孩生长在农村，后来被迫进城来当使女。诗中通过苏珊的幻觉，表现她对故乡、对田园生活的向往和眷恋。

② 伍德街在伦敦贫民区。

是人间她喜爱的唯一住所。

她飘飘欲仙；幻象都消隐：
雾气与河川，山峦与树影；
水不再奔流，山不再耸峙，
眼前的色相都悠悠飘逝。

（1797年）

阳春三月作

时方小憩于布拉泽湖畔桥头

雄鸡啼叫，
溪水滔滔，
鸟雀声喧，
湖波闪闪，
绿野上一片阳光；
青壮老弱
都忙农活；
吃草的群牛
总不抬头，
四十头姿势一样！

残雪像军队，
节节败退，
退到山顶，
面临绝境；
耕田郎阵阵吆喝；

山中有欢愉，
泉中有生趣；
云朵轻扬，
碧空清朗，
这一场春雨已过！[①]

（1802年）

① 此诗末行出自《旧约·雅歌》第二章第十一节。

鲁　思

鲁思，她孤孤单单被撇下，
爸爸屋里来了个后妈，
　那时，她七岁不满；
没有谁管她，她随心所欲
在高山低谷游来荡去，
　自由，冒失，大胆。

她用燕麦秆做一支短笛，
一吹，笛音便悠然响起，
　好似风声或水声；
她在草地上搭了个棚子，
看来，她仿佛天生就是
　山林草莽的幼婴。

在爸爸家里，她无依无靠，
心里想什么，只自己知道，
　乐趣也只在自身；

她自满自足，不喜也不忧，
一天又一天，天长日久，
　直到她长大成人。

从远隔重洋的佐治亚海边，[①]
来了个头戴军盔的青年，
　军盔上羽翎闪闪；
从切罗基人那里，他弄来
这一束羽翎，挺有气派，[②]
　一遇微风便摇颤。

莫把他认作印第安血胤，
他说话纯粹是英国口音，
　享有军人的名位；
当北美经过几年苦战，
争得了自由，摆脱了危难，
　他扬帆渡海东归。[③]

---

① 佐治亚，过去是英国在北美建立的十三个殖民地（十三州）之一，现在是美国东南部的一州，濒临大西洋。

② 切罗基人，北美印第安人的一支，聚居之地即现在的美国东南部。北美独立战争期间，切罗基人曾协助英国殖民军作战。

③ 美国独立战争结束于1783年。这时英国殖民军已被北美起义部队击溃，这个在英军中服役的青年便返回英国。

他的面容上才华闪耀，
舌端吐出迷人的音调；
　想当年，他还是小孩儿，
太阳的金焰，月亮的银辉，
柔声细语的清清溪水，
　给了他多少愉快！

这个小伙子，真是呱呱叫！
我想，美洲荒野的山豹
　也不及这般英爽；
在他纵情游乐的时辰，
热带海面上嬉戏的海豚
　也不曾这般欢畅。

和印第安人一道打过仗，
这就有不少故事可讲：
　有的可怕，有的甜；
绿荫深处，漂亮小伙子
给漂亮姑娘讲这些故事，
　只怕有几分危险。

他讲印第安姑娘们，真快活，

又跳舞，又喊叫，成群搭伙，
　从乡镇跑到野外，
一整天忙着采集草莓，
一直采集到日落天黑，
　齐声合唱着归来。

他讲那边的异树奇花，
颜色随着时辰而变化，
　五光十色，变不完；
从清晨直到凝露的初夜，
含苞的含苞，开的开，谢的谢，
　那才是园林的奇观。

他讲玉兰树，密叶像云霓
高悬在半空，俯临大地；①
　讲翠柏，树顶尖尖；
讲山花万朵，一色鲜红，
绵延几百里，望去如同
　野火烧遍了群山。

① 玉兰树，原文magnolia，据作者原注，系指magnolia grandiflora（中文名称为“广玉兰”或“洋玉兰”）。这是产于美洲的一种常绿乔木，高可达三十米。

他讲绿茸茸大片草地，
有多少湖泽一望无际，
　湖中的星星点点
是一群岛屿，玲珑秀丽，
静穆有如傍晚云霞里
　露出的几处青天。

“在那边，当一个渔夫，”他说，
“当一个猎人，好不快活！
　阳光下，或者树荫下，
东游西逛，又轻松又安逸；
林子里每一块空地都可以
　搭棚子，生火，住家！

“和你在一起，日子多幸福！
那样的一生，才不算虚度，
　才有安宁和喜悦：
同时，我们也不会忘记
周遭是一片苦难的大地，
　是如此这般的世界！”

有时，他还以多情的姿态

谈到父母对儿女的疼爱，
　他说："人们在心中
牢系着骨肉之情的纽带；
我们会把自己的小孩
　看得比太阳还重。

"鲁思啊！求求你，跟我同去，
到那边森林里，做我的伴侣，
　搭起我们的棚屋；
跟我去吧，我选定的新娘！
当个女猎人，跟在我身旁，
　追赶飞奔的野鹿！

"可爱的鲁思！"——他不再多说。
半夜里，鲁思睁眼而卧，
　流下寂寞的泪珠；
她左思右想，拿定了主张：
跟他去，漂洋过海，到远方
　去追赶飞奔的野鹿。

"既然这么办合情合理，
我们就趁早结为夫妻，

　　去教堂行礼宣誓。”
他们俩说办就办；我猜，
那个好日子，在鲁思看来
　　抵得过人生一世。

她沉入梦想，沉入幻境，
一天到晚都高高兴兴，
　　想象：在僻静河滩，
在青葱草地，在荒凉林子，
合法地，愉快地，姓他的姓氏，
　　共享着一日三餐。

可是，我先前已经说过：
这莽撞后生，爱玩爱乐，
　　军盔上羽翎摇颤；
这英俊儿郎，曾经远游
蛮荒的土地，在大海西头[①]
　　有一帮印第安伙伴。

厉声呼啸的暴雨狂风，

① 大海西头，指北美。北美在欧洲的西边。

热带天宇的喧嚣骚动，
　成了他心灵的养料；
他受之于天，受之于地，
年轻轻，性子便这般乖戾，
　血液便这般狂暴！

那边，怪异的形象或声音
把一种同气相求的热忱
　传送到他的心底；
与他原有的才智合流，
使他内心的种种图谋
　都显得正当合理。

万象的纷华靡丽，也同样
怂恿了他的浪荡轻狂：
　娇花与亭亭芳树；
熏风吹得人意懒心慵；
满天星斗把脉脉柔情
　向烂漫园林倾注。

我想：他荒唐顽劣的谋求，
有时候，其中也会拌有

纯正的意图和心愿；
因为，他那些激情豪兴
既然得力于奇观丽景，
就该有高雅的一面。

但他久陷于邪孽生涯，
他那帮伙伴不明礼法，
也不知弃恶从善；
他神志清明，却甘心愿意
和那些蛮子混同一气，
彼此以恶习相染。

他成了卑下欲望的奴隶；
禀赋与才华，品德与道义
都渐渐火灭烟消；
一个人若是不自检束，
就会与堕落的灵魂一路，
追求鄙俗的目标。

他曾以毫不掺假的欢快
向鲁思求婚，与鲁思相爱，
朝朝暮暮地相守；

他怎能不爱这样的少女——
她的心灵与自然为侣，
　孤苦，和善，又温柔。

他也对鲁思说过，很真诚：
“从前，我简直恶劣透顶；
　狂妄、虚荣和欺骗
团团围裹了我的身心；
我那么傲慢，又那么自信，
　到了大西洋那边。

“那时，眼前是一片新天地，
像一面鲜明耀眼的军旗
　在军乐声中展开；[1]
我望着那边的山岭平原，
仿佛从此挣脱了锁链，
　从此便自由自在。

“不谈这些了；如今，有了你，
我才算真正幸福如意，

① 此人身份是军人，所以说话时爱用军队生活方面的比喻。

　情怀也变得高尚；
我灵魂已从黑暗中得救，
正如曙光出现在东头，
　把整个天空照亮。”

但这些好心思转眼就溜走，
不留下一点儿指望和盼头，——
　热情已化为淡漠；
新的目标有新的乐趣，
他又巴不得还像过去
　过无法无天的生活。

他心里正经历这番动荡，
他们的远航已准备停当，
　双双向海岸出发啦。
可是，小伙子一到港口，
便甩掉鲁思，独自出走，
　她再也见不到他啦。

求上帝保佑鲁思！真可怜！
有半年光景，她疯疯癫癫，

　被送到牢房里关押；[①]
在那儿，尝够了辛酸委屈，
她唱着一支支惨痛歌曲，
　歌词净是些疯话。

也有些时候，她不算太苦：
牢房外不缺阳光和雨露，
　也不缺解闷的春光；
关押时，这些都与她同在；
清亮的溪水，调子欢快，
　在卵石沙砾上跳荡。

三个季度就这样度过，
鲁思的苦难有了些缓和：
　她从牢房里逃出；
四处流浪，没有人顾惜，
乐意在哪里，就在哪里
　寻找饭食和住处。

重新呼吸于原野田畴，

① 把精神病人关进监牢以防不测，是当时的习惯做法。据1993年6月9日《泰晤士报》透露，这种做法在英国仍未绝迹。

她的思绪像滚滚川流，
　没遮拦，永不停顿；
后来，她到了托恩河畔，①
便留在那里；孤单无伴，
　在冬青树下栖身。②

触动她愁思的阳春景致，
引起她伤感的池水山石，
　绿叶间，清风和畅；
对这些，她依旧深情眷爱，
生怕对它们有什么伤害——
　像别人伤害她那样。

冬天，她在谷仓里过夜；
在此之前，当温暖季节
　还不曾随风远遁，
（人人都承认这话不假）
她一直栖宿在冬青树下，
　再没有别处安身。

① 托恩河，在英格兰西南部萨默塞特郡境内。
② 冬青树为常绿乔木，枝叶繁密，可避风雨。

清白的生灵，走错了方向！
鲁思，过不了多少时光，
　就会老，就会凋残；
她必得熬受钻心的痛楚：
心灵够苦了，皮肉却更苦——
　风雨，潮湿，严寒。

要是没吃的，饿得受不住，
她便离开林间的住处，
　到一条大路旁边，
站在山坡下向路人乞讨
骑马的路人见山坡陡峭，
　慢悠悠上山下山。

她的燕麦秆短笛已丢弃，
又用茵陈蒿做一支长笛，
　把孤苦情怀排解；
傍晚时分，匡托克山下，[1]
往往，当樵夫顺路回家，
　听到这笛音幽咽。

① 匡托克山，见《最后一头羊》诗注。

我也曾从她身旁走过——
山上，有她的小小水磨
　在荒凉泉眼旁边；
这种磨，她早年也曾推动，
那时，她不哭，也不悲痛，
　那是她快乐的童年！

别了！等到你此生结束，
苦命的鲁思呵！神圣的泥土
　会把你躯体埋藏；
送葬的钟声将为你敲动，
全村的教徒，都在教堂中
　为你把圣歌高唱。

（1799年）

坚毅与自立

整整一夜，狂风如野兽咆哮；
　暴雨来势也凶猛，似滚滚洪流；
如今，风停了，雨住了，朝阳朗照；
　远处林子里只听得鸟雀啁啾；
　野鸽眷恋着自己甜美的歌喉；
喜鹊和慳鸟一声声互相应答；
空气里充溢着潺潺流水的嬉笑喧哗。

喜爱阳光的万物都来到外边；
　天穹也因晨曦初现而欣喜；
草茵缀满了雨珠，光华闪闪；
　野兔在旷野飞奔，舒心快意；
　地上水汪汪，它一跑，脚儿便掀起
一线水花儿——阳光一照，亮晶晶，
不管到哪里，水花儿总跟它一路同行。

我是个过客，走在这片荒原上；
　看得见野兔高高兴兴地跑着；
听得见树林和远处河水的喧响，
也有时听不见，像孩子一样快活：
　这迷人季节占据了我的心窝；
　我便一股脑儿忘掉了纷纭往事，
忘掉了世人的景况——悲惨而又愚痴。

这种情形我们有时会碰到：
当欢乐达到饱和，便突然泄气，
　欢娱尽兴时我们升腾得越高，
颓唐失意时也就沉落得越低：
　那天早上，我就有这样的经历；
　忧惧和幻想都来了，密密稠稠；
陌生而无以名之的昏乱思绪和哀愁。

我听见天空里婉转啼鸣的云雀，
　想起旷野上欢腾嬉戏的野兔；
我也是大地之子，也幸福愉悦，
　和这些生灵一样，把时光欢度；
　与世隔绝，远离世间的愁苦；
可是，另一种日子也许会来临——

孤苦伶仃，内心痛楚，艰难贫困。

我回顾生平，一直是心情畅快，
　仿佛人生永远是晴明长夏；
仿佛要什么有什么，都送上门来，
　只要有善心，就有善行来报答；
　可是，谁又能指望别人爱他，
听从他，给他盖房子，给他种地，
若是他自己全不操心，全不措意？

我想到奇才异禀的少年，查特顿，[①]
　他心神劳瘁，盛年便匆匆凋谢；
还想到那位躬耕陇亩的诗人，[②]
　他在山坡下犁地，豪迈而欢悦；
　我们的心智使我们超越于凡界；
我们诗人，年少时心欢意畅；
到头来衰颓老大，只剩下沮丧癫狂。

---

① 指托马斯·查特顿（1752—1770），英国天才诗人，所写“罗利诗篇”很有名，十八岁就在穷愁潦倒中自杀而死。

② 指罗伯特·彭斯（1759—1796），著名的苏格兰农民诗人，三十七岁就在贫病交迫中死去。华兹华斯1803年游苏格兰时到过彭斯的故居和墓地，感触很多，先后写了三首诗，诗中可看出他对彭斯的倾慕和彭斯对他的影响。

在这渺无人迹的荒僻所在，
　正当我排遣这些不快的忧思，
这时，也许是出于慈惠的关怀，
　也许是由于上天的指引和厚赐，——
　我突然看到：前边，一个老头子
在阳光映照的水池子旁边站着，
仿佛是所有白发老人中最老的一个。

像偶尔可以见到的巨石一块，
　孑然横卧于一处光秃的高阜；
谁在无意中瞥见了，都不免奇怪：
　它从何而来，又如何来到此处；
　俨然是一个具有灵性的活物：
像一头海兽，爬到平坦岩礁上
或者沙洲上，安然静卧着，晒着太阳——

这老头便像这般；偌大年纪，
　没死，也不像活着，也不曾睡去；
走过了人生长途，佝偻的背脊
　向前低俯，头和脚几乎相遇；
　看起来，多年以前，这一副身躯
便为苦难所磨损，疾病所摧伤，

力不胜任的重负，压垮了他的脊梁。

他用一根削过的灰白色木棍
　支撑着上肢、躯干、苍白的瘦脸；
我步子轻轻，渐渐向他走近，
　这老头仍然站在水池子旁边，
　一动也不动，就像是浓云一片；
这浓云，听不见周遭呼啸的狂风；
它要是移动，便是整片整团地移动。

他终于动了；只见他摇摇晃晃，
　把木棍探入池水，搅动一阵，
又仔细察看那一汪混浊的泥汤，
　凝神注目，就像在捧读书本；
　这时，我便以过路客人的身份
走到他身边，跟他打招呼，说道：
“从早晨光景看来，今天天气准好。”

老人客客气气地给我回话，
　他说话声调舒缓，礼数周详；
我继续跟他攀谈，又这样问他：
　“你在这地方，干的是什么行当？

　对于你，这地方未免过于荒凉。”
他听了，那一双仍然有神的眸子里
微光一闪，稍稍流露出几分讶异。

他虚弱胸腔吐出了虚弱声调，
　却井然有序，词语一个跟一个；
从容的谈吐几乎有几分崇高，
　妥帖的措辞像经过一番斟酌，
　不同凡俗，是堂堂正正的申说：
像庄重教士按照苏格兰礼仪，
恰如其分地称道凡人，赞美上帝。

他说，只因他又老又穷，所以
　才来到水乡，以捕捉蚂蟥为业；
这可是艰险而又累人的活计！
　说不尽千辛万苦，长年累月，
　走遍一口口池塘，一片片荒野；
住处么，靠上帝恩典，找到或碰上；
就这样，老实本分，他挣得一份报偿。

他在我身旁谈着；但他的声调
　这时仿佛变成了喁喁的流泉，

低沉隐约，我简直难以听到，
　连贯的词语也难以一一分辨；
　他的形影，我恍若梦中曾见；
莫非他奉命而来，来自远地，
要以明智的箴言，授我以做人的毅力？

我先前的思虑——重现在心中：
　致命的忧惧；自立谋生的愿望；
风霜，苦难，辛劳，肉体的病痛：
　一个个卓越诗人的悲惨死亡。
　我惶惑不安，又渴望心神宽畅，
便迫不及待，向老人旧话重提：
“请问，你怎么过活？干的是什么活计？”

他笑了一笑，也向我重提旧话——
　说他为捕捉蚂蟥，东奔西跑：
走进一口口池塘——蚂蟥的老家，
　像眼前这样，把周围池水翻搅。
　“从前，它们到处有，容易捉到：
这些年，它们变少啦，越来越少；
我还是干下去，哪儿找得着，就上哪儿找。”

老人就这样谈着；我听着他的话，
　望着他佝偻身影和这片荒原，
不由得感叹不已：仿佛看见他
　无休无歇，把远近荒原踏遍，
　孤零零四方漂泊，默默无言。
正当我心头奔涌着这些思绪，
只见老人停了一会儿，又接着说下去。

说着说着，又扯到别的话题；
　他愉快，亲切，更有庄严的气派；
听他说完了，我不禁耻笑我自己，
　因为我看出：他那把瘦骨残骸
　藏着一颗心，却如此坚强豪迈。
“上帝呵！”我说，“扶助我，做我的后盾：
让我记挂着荒原上捕捉蚂蟥的老人！”

（1802年5月3日—7月4日）

鹿 跳 泉[1]

鹿跳泉是一股涓涓流泉，位于约克郡由里士满通往阿斯克里格的大路近旁，距里士满约五英里。该泉得名于一次盛大的狩猎，本诗第二部中述及的石柱等物就是为纪念那次狩猎而设立的。如诗中所述，这些纪念物至今犹存。[2]

第 一 部

爵士骑着马走下温斯利荒原，[3]
　马儿懒洋洋，慢得像夏天的云彩；
这时，他来到一个家丁的门前，
　大声吆喝着："给我换一匹马来！"

① 丹麦著名文学史家勃兰兑斯（1842—1927）在《19世纪文学主流》中说："基督教要人们爱自己的同类，泛神论却要人们爱最卑微的动物。《鹿跳泉》无疑是华兹华斯最美的篇章之一，……这首文笔淳朴、感人至深的涛，……是华兹华斯所特有的对自然由衷虔敬的崇高证明。"（据江枫译文）

② 这篇小序是华兹华斯自己写的。序中提到的约克郡位于英格兰北部，里士满和阿斯克里格都是约克郡北部的城镇。

③ 温斯利荒原在约克郡北部。

“换一匹马来！”家丁听到了叫喊，
　牵出他漂亮的灰马——最棒的一匹；
沃尔特爵士纵身跃上了马鞍；
　这是那一天他的第三匹坐骑。

骑士和坐骑简直是天生一对：
　腾跃的骏马两眼闪耀着欢乐；
沃尔特纵马疾驰，似鹰隼高飞，
　气氛里却含有令人忧郁的沉默。

那天早上，从这位爵士的门庭
　奔出一大群人马，震天动地；
如今呢，人马都垮了，无踪无影；
　这样的狩猎呵，只怕是史无前例。

沃尔特爵士，急得像乱转的旋风，
　吆喝残存的几条疲乏的猎狗——
白狼，飞毛腿，金嗓子——狗里的英雄，①
　叫它们鼓劲爬山，跟在他身后。

① “白狼”“飞毛腿”“金嗓子”是三条猎狗的诨名。

他吆喝它们，催它们，给它们打气，
　一会儿央求，一会儿瞪眼叫骂；
它们却喘着粗气，耷拉着眼皮，
　摊开四条腿，都在草丛里趴下。

上哪儿去了，那人喊马嘶的队列？
　上哪儿去了，欢乐的号角和喧呼？
这次狩猎竟不像人间的狩猎，
　只剩下沃尔特爵士和那头公鹿。

可怜的公鹿沿山坡跑得好苦；
　它到底跑了多远，我不说也罢；
它到底怎么死的，也不必细述；
　如今，沃尔特看见它死在地下。

爵士便下马，背靠着一棵山楂；
　身边没一条猎狗，没一个童仆；
既不把鞭子抽响，也不吹喇叭，
　喜滋滋，不吭声，端详着他的猎物。

沃尔特靠着的那棵山楂树旁边，
　是帮他建立功勋的伙伴——那匹马，

像刚刚生下的羊羔一样软绵绵，
　一身大汗，白花花，似雨淋雪洒。

旁边躺着那头鹿，肢体横陈，
　鼻孔紧贴着山下的一股流泉，
它在咽气时发出最后的呻吟，
　泉水便颤抖，泛起了涟漪一片。

这爵士兴头十足，没法安静，
　（什么人也不曾这样心花怒放！）
东西南北团团转，转个不停，
　朝那股可爱的泉水望了又望。

沃尔特爬上那座山（山坡险峻，
　至少有六丈多高），他这才看见
那头被追的公鹿有三处蹄印
　留在陡峭山坡的草泥上面。

爵士擦擦脸，叫道："从古到今，
　什么人也没见过这样的奇迹：
它只跳三下，就从这么高的山顶
　跳到了泉水旁边——在那里咽气。

"我要在这里盖一座游乐的华屋，
　搭一座富有田园情趣的花亭；
让过往客人歇脚，让游人留宿，
　让羞羞答答的闺女在里面谈情。

"我还要请来能工巧匠一位，
　在这股泉水下面砌一个石潭；
从今以后，有谁提到这泉水，
　都得叫它：'鹿——跳——泉'。

"我为了给你扬名，勇敢的公鹿！
　还要留一样东西作为纪念：
我要用粗石造成三根石柱，
　立在你蹄子踏破草泥的地点。

"等夏季一到，白天越来越长，
　我要带我的情人来到这里；
那时，有舞女跳舞，有歌手吟唱，
　我们要在花亭里尽情游戏。

“除非是山崩地陷，我这座华屋
　和这座花亭一定要长远留存；
这乐园属于绥尔河两岸的农夫，
　属于尤尔河一带的林地居民！”[①]

他转身回家，把死鹿留在泉边——
　可怜它气息全无，肢体全僵。
不久，爵士的许愿便一一兑现，
　这块地方的名声也远近传扬。

月亮圆缺盈亏还不满三次，
　清清泉水便流入新砌的石潭；
山坡上竖起了三根粗石柱子，
　一座华屋也在山谷里出现。

傍着泉水，把野花修长的花茎
　交缠于小树株株、藤萝缕缕，
很快搭起了一座蓊郁的花亭，
　绿叶严实，挡得住阳光风雨。

① 绥尔河和尤尔河都在约克郡境内。

夏季来到，白天变长了，沃尔特
　带着他惊讶的情人来到这里；
这时，有舞女跳舞，有歌手唱歌，
　他们便在花亭里尽情游戏。

沃尔特爵士到头来一命归天，
　祖传谷地里埋下了他的骨殖。
可还有下文，能写成第二部诗篇——
　下面，我接着再讲另一段故事。

第　二　部

我不会用离奇事件打动人心，
　也不会用惊险情节叫人恐惧；
我的爱好是：独坐于夏日凉阴，
　只为有心人吹一支简朴的乐曲。

我从霍斯镇前去里士满，途中[1]
　偶然望见谷地里有三棵白杨
在方形土冈的三个犄角上高耸；

① 霍斯，约克郡一集镇，在里士满西南。

　有一棵，离一股清泉不到一丈。

这究竟意味着什么，我难以推断；
　随后，我勒住缰绳，叫马儿暂停，
又望见三根石柱，并立于一线，
　最远的一根，立在阴沉的山顶。

那些树，无枝无叶，灰暗萧索，
　那土冈，不黄不绿，荒凉枯瘠；
我说了一句（你大概也会这么说）：
　“这里，有往日人们劳作的遗迹。”

我眺望那座荒山的远处近处，
　从来没见过这等悲凉的景象；
仿佛这地方春天从来不光顾，
　仿佛自然界万象都甘愿衰亡。

正当我站着，陷入沉思和幻想，
　一个人，牧人装束，向谷地走来；
于是我迎面走去，跟他搭腔，
　问他，这里究竟是什么所在。

牧人停下来，把故事从头细讲——
　我前篇所讲的，便是复述他的话。[1]
“早先，”他说，“这是个快活地方！
　可是如今，它毁了，遭了天罚。

“您且瞧瞧这几棵枯死的白杨——
　有人说是山毛榉，有人说榆树——
这便是花亭；而那边，是那座殿堂——
　上百个地区里数一数二的华屋！

“花亭的遗迹说明了它的景况；
　您瞧，这石头，这山泉，这流水清清；
至于那座华屋么？您也不妨
　用半天时光，追寻那忘失的梦境。

“再没有狗儿、羊儿、马儿或小牛
　到石潭边上来，用泉水润润嘴唇；
常常，半夜里，当万物都已睡熟，
　泉水就发出悲悲切切的呻吟。

① 前篇，指本诗第一部。

“有人说这里发生过一次凶杀，
　冤冤相报，造成这一片荒芜；
我坐在阳光下想过，照我想，只怕
　报应的起因是那头不幸的公鹿。

“谁知道那头鹿心里是什么想法！
　竟然从这么陡峭的悬崖绝顶
跳到这水边，您瞧，只跳了三下！
　这样跳，主啊！简直是豁出性命！

“它跑了十三个钟头，难逃一命；[①]
　咱们脑子不灵巧，实在说不上
为什么它一心惦着这里，一定
　要奔这里来，要死在泉水近旁。

“也许，它曾在这片草地上酣眠，
　夏夜清幽，这泉声催它入睡；
也许，它初次离开母亲身边，

① 老牧人这句话透露了：沃尔特爵士和他的大群人、马、猎狗追袭这头鹿，竟连续追袭了十三个小时之久。本诗第一部中着力渲染的一些情节（“人马都垮了”，残存的几条猎狗也都趴下了；沃尔特一天之内换乘了三匹坐骑，第二匹到后来竟“慢得像夏天的云彩”，第三匹——“最棒的一匹”终于也“像刚刚生下的羊羔一样软绵绵”了，等等），至此才恍然有了解答。

　初次喝到的，便是这里的泉水。

“也许，四月的清早，山楂花开，
　它曾在这里听鸟雀欣然合唱；
也许（有谁知道呢），它就出生在
　离这股泉水不到百米的地方。

“如今呢，这一带不见绿荫，不长草，
　天底下再没有这样凄凉的山谷；
照我看，这里会长远如此，一直到
　树木、石头、泉水都化为虚无。”

“白发苍苍的牧人，你说得有理；
　你的信念跟我的差不了多少；
公鹿的横死，造化不会不在意，
　她以神圣的悲悯表示了伤悼。

“上帝寓居于周遭的天光云影，
　寓居于处处树林的青枝绿叶；
他对他所爱护的无害生灵

总是怀着深沉恳挚的关切。[①]

“游乐的华屋已成灰；前后左右，
这一带荒凉凄惨，非比寻常；
可是造化，到了合适的时候。
又会给这里披上繁花的盛装。

“是她让这些遗物渐次陵夷，
以此来揭示我们今昔的变迁；
而一旦时来运至，这些遗迹
又会被一片花草绿荫所遮掩。

“她所展现的，她所隐藏的，这两者
包含着教诲，牧人呵，你我要恭听：
我们的欢情豪兴里，万万不可
羼入任何微贱生灵的不幸。”

（1800年1月或2月）

① 在欧洲人的观念中，造化（即自然）为阴性，故用“她”；上帝为阳性，故用“他”。作者认为上帝就在周遭的天光云影中，就在树林的青枝绿叶里，上帝与自然几乎合而为一，这显然是泛神论的观点。

廷 腾 寺[1]

五年过去了，五个夏天，和五个
漫长冬季！如今，我再次听到
这里的清流，以内河的喁喁低语[2]
从山泉奔注而下。我再次看到
两岸高峻峥嵘的危崖峭壁，
把地面景物连接于静穆天穹，
给这片遗世独立的风光，增添了
更为深远的遗世独立的意味。
这一天终于来了，我再次憩息于
这棵苍黯的青桑树下，眺望着
一处处村舍场院，果木山丘，

---

① 原题较长，全文译出为：《旅途中重游瓦伊河两岸，作于廷腾寺上游数里处》。通常简称《廷腾寺》。廷腾寺是久已倾圮的中世纪寺院，位于英格兰西南部蒙茅斯郡瓦伊河畔，离海滨不远。1793年8月，华兹毕斯曾徒步来此地游览；五年之后，1798年7月，又和妹妹多萝西同来，写出了这首命意恢宏、寄情深远的名作。

② 清流，指瓦伊河——英国主要河流之一，发源于威尔士，在廷腾以南入海。据作者原注，廷腾以北仅数里，海潮的影响就达不到了，河水也就平静如内河（内陆河流）。

季节还早，果子未熟的树木
一色青绿，隐没在丛林灌莽里。
我再次看到这里的一排排树篱——
算不算树篱也难说，无非是几行
活泼欢快、野性难驯的杂树；
一片片牧场，一直绿到了门前；
树丛中悄然升起了袅绕的烟缕！
这难以捉摸的信息，也许是来自
林子里没有屋宇栖身的流浪汉，
要么，是来自隐士的岩穴，那隐士
正守着火堆独坐。
　　　　　　　　这样的美景
在多年阔别期间，对我也并非
漠无影响，如同对盲人那样；
而是时常，当我孤栖于斗室，
困于城市的喧嚣，倦怠的时刻，
这些鲜明影像便翩然而来，
在我血脉中，在我心房里，唤起
甜美的激动；使我纯真的性灵
得到安恬的康复；同时唤回了
那业已淡忘的欢愉：这样的景物

对一个善良生灵的美好岁月，
潜移默化的作用未必轻微：
他也曾出于善意，出于爱，做过
一些早已淡忘的无名小事。[①]
我同样深信，是这些自然景物
给了我另一份更其崇高的厚礼——
一种欣幸的、如沐天恩的心境：
在此心境里，人生之谜的重负，
幽晦难明的尘世的如磐重压，
都趋于轻缓；在此安恬心境里，
爱意温情为我们循循引路，——
直到这皮囊仿佛中止了呼吸，
周身的血液仿佛不再流转，
躯壳已昏昏入睡，我们成了
翩跹的灵魂；万象的和谐与怡悦
以其深厚的力量，赋予我们
安详静穆的眼光，凭此，才得以
洞察物象的生命。
　　　　　　　　这样的信念
即使是空想，我也忘不了：多少次，

① “善良生灵”和“他”，皆作者自指。

在沉沉暗夜，在郁郁不欢的白天，
在尘俗百态之中，枉然无补的
焦躁忧烦，浊世的昏沉热病，
不断袭扰这怔忡悸动的心房，
那时，多少次，我心思转而向你——
林间的浪游者，绿荫掩映的瓦伊河！
那时，多少次，我神魂向你飞去！

　有了余烬重燃的思想微光，
有了对旧日景物的依稀辨识，
还有几分惘然若失的困惑，
心底的图像如今又栩栩重生；
如今，我站在这里，不仅感到
眼前的欢愉，还深为欣幸地知悉：
此时此刻，已经收藏了、储备了
未来岁月的活力和滋养。我敢于
抱这种希望，尽管，无可置疑，
我已不同于当年的旧我——当年，①
我初来这一片山野，像一头小鹿
奔跃于峰岭之间，或深涧之旁，

① 当年，指五年以前（作者二十三岁时）。

或荒溪之侧，听凭自然来引导；

那情景，既像是出于爱慕而追寻，
更像是出于畏惧而奔逸。那时
（童年的粗野乐趣，蠢动戏耍，
都成了往事），唯有自然，主宰着，
我的全部身心。——那时的我呵，
委实是难以描摹。轰鸣的瀑布
似汹涌激情，将我纠缠小舍；
高山，巨石，幽深昏暗的丛林，
它们的形态和色彩，都成了我的
强烈嗜欲；那种爱，那种感情，
本身已令人餍足，无须由思想
给它添几分韵味，也无须另加
不是由目睹得来的佳趣。——然而
那样的时光消逝了，痛切的欢乐，
眩目销魂的狂喜，都一去无踪。
对此，我并不沮丧或怨尤；随后
我别有所获；而这些损失，我想，
会得到充足的补偿。因为对自然，
我已学会了如何观察，不再像
粗心的少年那样；我也听惯了

这低沉而又悲怆的人生乐曲，
不粗粝，也不刺耳，却浑厚深沉，
能净化、驯化我们的心性。我感到
仿佛有灵物，以崇高肃穆的欢欣
把我惊动；我还庄严地感到
仿佛有某种流贯深远的素质，
寓于落日的光辉，浑圆的碧海，
蓝天，大气，也寓于人类的心灵，
仿佛是一种动力，一种精神，
在宇宙万物中运行不息，推动着
一切思维的主体、思维的对象
和谐地运转。因此，我仍如往日，
喜爱草原、森林和崇山峻岭，
喜爱这绿色世界的百态千姿，
喜爱我耳目所及的森罗万象——
其中，有仅凭耳目察觉的，也有
经过加工再造的。我深为欣慰，
能从自然中，也从感官的语言中，[①]
找到我纯真信念的牢固依托，
认出我心灵的乳母、导师、家长，

① 感官的语言，指感官对大自然做出的反应。

我全部精神生活的灵魂。
　　　　　　　　　　即使
我不曾受过这样的教化熏陶，
我的生机活力也不会消退，
因为，在这景色清幽的河畔，
有你陪着我，最亲最爱的亲人！①
哦，亲爱的亲人，从你的声音里，
我又听到了往日心灵的语言；
从你的灼灼眼神中，我又看到了
往日的乐趣。让我再看你一会儿，
亲爱的妹妹，让我从你的形影里
重寻我往日的音容笑貌！这是我
诚挚的祈求，我也诚挚地相信：
自然决不会亏负爱她的心灵；
她有独具的权能，总是不倦地
引导我们，在悠悠一生岁月里，
从欢乐走向欢乐。她能够激发
我们内在的灵智，让安恬与美
沁入我们的心脾，用崇高信念
将我们哺育滋养；唯其如此，

① 最亲最爱的亲人，指作者的妹妹多萝西。有关多萝西的这一段，参看《麻雀窝》注释。

世人的飞短流长，无稽的指责，
自私之徒的嘲讽，伪善的寒暄，
无聊的交往，都不能使我们就范，
也不能干扰我们怡然的信念——
宇宙万物，无一不仰沐天恩。
那么，你独自漫步的时候，让月光
把你朗照吧；让卷着薄雾的山风
自由畅快地向你吹来吧。此后，
当心醉神迷的狂喜逐渐转化为
清明恬静的欢愉；当你的心府
成了缤纷美景聚居的广厦，
你的记忆里，交响着无数甜美的
乐音；哦！那时，若是你陷入
孤独或恐惧，痛苦或忧伤，你就会
以何种温婉欣悦、有如灵药的
心思，想起我，想起我这些劝勉！
也许，日后，我会离你而远去，[①]
在那边，再也听不到你的声音，
再也不能从你眼神里看到
已逝年华的光影；到那时，你也

① 离你而去，指死亡。

不至于忘记：你我曾并肩站在
这风景秀丽的河边；不至于忘记：
多年来，我敬奉自然；到此地游览
也是来向她参拜；我乐此不疲，
爱她越来越炽烈，越来越深沉，
越来越虔敬。你也不至于忘记：
我久别重来，只觉得，这些峥嵘的
峭壁，挺拔的树林，碧绿的原野，
比往年更加可亲可爱了——既由于
它们自身，也由于有你在这里！

（1798年7月13日）

水　　鸟

瞧这群水上安家的羽族，是怎样
以娴雅的姿态（也许不亚于天使），
一再延长它们奇妙的游戏！
多少次，凭着英气勃勃的翅膀，
飞到与峰顶相齐的半空，画出
一个广大的圆圈——比下边的湖泽
（它们的游息之乡）还更为广大；
多少次，乐此不疲地，回旋往复地，
沿着大圆圈绕了一遭又一遭；
在这种欢乐巡游里，忽前忽后，
忽高忽低，画出了几百条曲线，
几百个小圆圈；线路虽纷繁错杂，
秩序却井然不紊，仿佛有神力
调度着它们不懈的飞航。静止了——
我不止十次猜想它们歇息了；
可你瞧！消失的一群又腾空而起，

迎面而来——听得见振翅之声：
始而低沉，继而是一阵急响
匆匆掠过，又低沉下去。鸟儿们
怂恿阳光在羽翼翎毛间逗弄，
怂恿冰封的湖水亮出图像来——
亮出的是它们自己翩跹的影子
闪动在光洁的冰上；有时飞得低，
贴近了冰面，影子便更加鲜明，
也更加柔美；接着又猛然一冲，
高飞直上，急如星火，就像是
对歇息和歇息之处都不屑一顾！

（1800年3月）

无　　题[1]

修女不嫌修道院房舍狭小；
　学者满足于枯守书斋一隅；
　隐士满足于茅庵；纺纱的少女，
织布的工匠，在纺车、织机前坐好，
都自得其乐；蜜蜂把香花寻找，
　飞越弗尼斯最高的尖峰，终于[2]
　又钻入毛地黄花冠，嗡嗡低语。[3]
给自己画地为牢算不得监牢：
拿我来说，在不同心境里，把自身
　拘禁于十四行诗的狭小地界
　是一种消遣；我也会为之欣悦，
倘若有（我相信准有）这样的灵魂——
厌倦于海阔天空，愿步我后尘，

① 这首诗用了一连串比喻来说明：十四行诗虽然篇幅短小，却适合于诗人在不同心境里抒发情怀，以此自娱并获得慰藉。

② 弗尼斯山在兰开夏郡，温德密湖以西。

③ 毛地黄于初夏开紫色或白色花，花冠钟状。

愿到这方寸之土来寻求慰藉。

（1806年）

咏乔治·博蒙特爵士所作风景画一帧[1]

赞美这丹青妙笔吧：它能叫浮云
　停止飘游，凝成这一团明艳；
　它不让这淡淡烟缕随风消散，
也不让这朗朗阳光晦暗阴沉；
它止住这些游人的脚步——趁他们
　还不曾隐没于这片幽林背后；
　波平如镜，它让这一叶轻舟
在湖湾僻静处，停靠得牢牢稳稳。
清晨，中午，黄昏，以变幻的姿容
　供你入画，抚慰心魂的手笔！
　你志趣高卓，却又朴实平易；
为了让凡人一开眼界，你从
　急促流光里截取了这一瞬息，

① 乔治·博蒙特爵士，英国国会议员，风景画家，华兹华斯的友人。

赐它以永恒上界宜人的静谧。[1]

(1811年8月)

① 这首诗中，前八行的四个“它”指“妙笔”，后六行的三个“你”指“手笔”，都是指博蒙特的绘画艺术。末行的“它”指“这一瞬息”。

致睡眠

一头跟一头慢悠悠走过的白羊，
　雨声，蜜蜂的低语，奔泻的川流，
　清风，碧海，平旷的原野田畴，
澄洁的天宇，白茫茫一片湖光——
这种种，我在卧榻上轮番想象，[①]
　总也睡不着；从那边果园中，不久
　就会传来鸟雀们第一阵啁啾，
还有杜鹃第一声忧郁的吟唱。
昨夜如此，前两夜同样如此，
　睡眠呵！你总也不肯悄悄降临；
来吧，莫让我再把今夜虚掷：
　没有你，岂不辜负了明艳的清晨？
来吧，把今天与明天分开的界石，
　清新思想和健康体魄的母亲！

（1807年发表）

① 想象这些单调的声音和景色有助于入睡。

无　题[1]

当欢乐涌来，我像风一般焦急
　要找人分享这喜悦——不找你找谁？
　你却在深深墓穴里悄然入睡，
那儿永没有变化，万古如一。
出于真诚的挚爱，我又想起你——
　我怎会忘了你呢？凭借着什么
　居然能够哄住我（哪怕只片刻），
让我把惨痛的损失淡然忘记？
这悔恨自责的心思萦回不已，
　成了我最深的痛苦，最大的悲哀，
仅次于那一回——当我绝望地僵立，[2]
　知道我最爱的珍宝已不复存在，
知道而今而后的悠悠岁月里，

① 为作者夭折的女儿凯瑟琳而作。凯瑟琳生于1808年9月，死于1812年6月。
② 那一回，指凯瑟琳夭折之时。

那天使一般的面影再不会回来。

1813年（？）

无　　题

好一个美丽的傍晚，安恬，自在；
　这神奇时刻，静穆无声，就像
　屏息默祷的修女；硕大的夕阳
正冉冉西沉，一副雍容的神态；
和煦的苍天，蔼然俯临着大海：
　听呵！这庞大生灵已经醒寤，[1]
　他那永恒的律动，不断发出
雷霆般巨响——响彻千秋万代。
亲爱的孩子！走在我身边的女孩！
　即使你尚未感受庄严的信念，
　天性的圣洁也不因此而稍减：
你终年偎在亚伯拉罕的胸怀[2]

① “庞大生灵”和下行的“他”都指大海。

② 亚伯拉罕，《旧约·创世记》中所说的犹太人始祖。“亚伯拉罕的胸怀”，意为“天国”或“极乐境界”，典出《新约·路加福音》第16章。这行诗是说那个女孩终年与大自然脉息相通。下面两行进一步指出：亲近大自然也就是亲近了上帝。

虔心敬奉，深入神庙的内殿，
上帝和你在一起，我们却茫然。

（1802年8月）

无　　题

海上的航船，要驶向何方陆地？
　　像黎明飞起的云雀。气爽神清，[①]
　　她装扮一新，欣欣然扬帆启碇；[②]
是驶向炎炎赤道？或皑皑北极？
何需多问！——她对朋友或仇敌
　　都毫不萦怀；且让她遨游四境，
　　前方有熟稔的名称，熟稔的路径，
有阵阵海风吹来熟稔的气息。
　　我仍然要问：她前往何方港口？
　　与往昔相仿——那时航船还罕见
（似香客稀稀落落，飘过水面），
我心头又有了疑虑和耿耿隐忧，
　　又有了对万古沧溟的敬畏之感，

① “像黎明飞起的云雀”一语，出自莎士比亚十四行诗第二十九首。
② 她，指上文的“航船”。

当我目送你远去，欢快的孤舟！

（1804年3月以前）

无　　题

这尘世拖累我们可真够厉害；
　得失盈亏，耗尽了毕生精力；
　对我们享有的自然界所知无几；
为了卑污的利禄，把心灵出卖！
这大海，她向明月袒露着胸怀；
　这大风，他只想昼夜呼号不息，
　如今却像熟睡的花朵般静寂；
对这些，对万物，我们都不能合拍，
都不能感应。——上帝呵！我倒情愿
　当个异教徒，为古老信条所哺养；[1]
那么，在这片草地上，我就能瞥见
　异样的情景，宽慰这凄苦心肠；
看得见普罗谛乌斯现形于海面，

① 下文的两个海神都出于希腊神话。希腊神话带有明显的多神教色彩，与属于一神教的基督教教义诸多抵牾，因此被视为异教。

听得见特里同把螺号悠悠吹响。[1]

(1807年发表)

① 普罗谛乌斯，变化多端的海神，原形为老人。特里同，半人半鱼的海神，他的螺号既能使海涛汹涌，也能使海面平静。以上两行中，华兹华斯化用了斯宾塞和弥尔顿的诗句。

无　　题

别小看十四行；批评家，你皱起双眉，
　忘了它应得的荣誉；像钥匙一把，
　它敞开莎士比亚的心房；像琵琶[1]
彼特拉克的创痛靠它来抚慰；[2]
像笛子，塔索吹奏它不下千回；[3]
　卡蒙斯靠它排遣逐客的离情；[4]
　又像桃金娘莹莹绿叶，在但丁
头上缠绕的柏枝里奕奕生辉；[5]
像萤火，它使温雅的斯宾塞振奋，[6]

① 莎士比亚写过十四行诗一百五十四首。

② 彼特拉克（1304—1374），意大利诗人，写过十四行诗三百多首，歌咏他对少女萝拉的爱情。“创痛”指爱情上的失意。

③ 塔索（1544—1595），意大利诗人，写过十四行诗多首。

④ 卡蒙斯（1524？—1580），葡萄牙诗人，写过十四行诗多首。他曾长期被放逐，浪迹于摩洛哥、印度及我国的澳门等地。“逐客的离情”指此。

⑤ 但丁为贝雅特里齐而写的抒情诗集《新生》中包括十四行诗多首。头上缠着柏枝，是表示对贝雅特里齐的悼念（欧洲人常以柏枝表示悼念）。桃金娘的叶子光泽鲜亮，所以能在柏枝里“奕奕生辉”。

⑥ 斯宾塞（1552—1599），英国诗人。他的十四行诗押韵形式独具一格，称为“斯宾塞体”。他以长诗《仙后》闻名于世，所以下行提到“仙乡”。

当他听从召唤，离开了仙乡，
奋进于黑暗的征途；而当弥尔顿[1]
见一片阴霾潮雾笼罩路旁，
这诗便成了激励心魂的号角，
他昂然吹奏起来，——可惜呵，太少！[2]

(1827年发表)

① 约翰·弥尔顿（1608—1674），卓越的英国革命诗人和政治家。

② 弥尔顿扩大了十四行诗的题材和视野，但他总共只写了二十三首十四行诗（十八首用英文，五首用意大利文），所以华兹华斯认为他写得还“太少”。

无　　题[1]

怀着沉静的忧思，我久久凝望，
　凝望缓缓西沉的红日——它俨如
　天上群星万世不替的君主！
它周围依旧——依旧是澄碧穹苍；
不一刻，它渐渐贴近了地平线上
　如壁的青山，在那儿褪下华服，
　愈烧愈暗，有如暗淡的火烛；
终于，温顺地，它向疾驶的流光
交割停当了，便默默消失不见。
　神明和天使！当我们挣扎于老境，
体魄，才智，荣光，——从顶点
　下降，消沉，陨灭，我们的情景
　与你，西沉的红日，是多么不同——

① 原诗韵式为abba，abba，cde，dec；译诗前八行韵式依原诗，后六行为补救两个c韵之间相隔四行之弊，改为cdc，ddc。

再没有明天重燃我们的光焰！

(1819年发表)

无 题[①]

不必唱爱情，战争，内乱的风涛，
　不必唱沧桑演变留下的遗迹，
　不必唱志士仁人苦斗的业绩——
诗琴的音响何止这几种腔调！
有宁静和谐的境域，远离纷扰，
　那边，缪斯也同样乐于去游憩，[②]
　去眺望夕烟从田庄农舍间升起，
从林木葱茏的幽谷飘向云霄。
她赞许明智知足，志趣恬淡，
　也赞许寂寞勤苦，沉郁安详；[③]
她凝眸观赏晶莹明净的河川——

① 这首诗的大意是：诗人不要只唱激越奔放的调子，宁静婉约、温柔敦厚的歌曲才有永久的魅力。其实，作者本人中年以前也不乏雄健豪宕之作（例如《献给民族独立和自由的诗》中的若干篇什）；而这首诗则是他中年以后（五十三岁）发表的，大约是由于年事渐高，英锐之气日减，沉静淡泊的一面便愈来愈占上风。

② 缪斯，希腊神话中主管诗歌、音乐和艺术的女神，上文第四行“诗琴”即竖琴，是缪斯手中的乐器。下文第九行、第十一行的“她”都是指缪斯。

③ “明智知足”“志趣恬淡”“寂寞勤苦”“沉郁安详”等语，基本上是作者的自画像。作者认为，诗人的形象应当如此，缪斯所瞩望于诗人者也是如此。

　水清见底，只因它缓缓流荡；
乐曲柔和，魅力才绵延久远；
　谦恭羞怯的花朵气味最芬芳。

（1823年发表）

1815年9月[1]

树上还没有一片叶子凋枯；
　庄稼成熟了，田野丰饶而壮丽，
　秋阳朗照；却已有凉风习习
从冬神挥舞冰刀霜剑的远处
吹来，预告严酷的变化，嘱咐
　花朵要留神；还低声耳语，唤起
　肃静无哗的鸟雀：“你们的大敌
逼近了，要筑好栖巢，加强防护。”
而我——遵奉仁慈的律令，厕身于
　讴歌自然的歌手之中——却觉得：

① 这首诗，表面上是歌咏眼前的秋景并瞩望行将来到的冬天，实际上还有更深一层的寓意。作者作此诗时四十五岁，正是中年，也正是人生的秋天，照他看来，这个秋天是“丰饶而壮丽”的；对于行将来到的冬天（指老年），作者也以欣悦的心情加以赞颂，说它比夏天（指青壮年时期）更为“雄伟”，更为“高洁”。和那些悲秋、叹老的调子相比，这首诗的精神境界似乎要高出一筹。过了四年之后，四十九岁的作者在《1819年9月（其二）》一诗中，更加明确地将季节与自己的年龄相比照，并指出秋天的欢乐不亚于春天；又过了二十一年后（1840年），七十岁的作者写了一首十四行诗赠给女画家玛格丽特·吉列斯，诗中仍然说：老年岁月比青年时期更美、更神圣。

绿叶间干涩的飒响，澄明的天色，
都预告一个雄伟季节的来到，
伴随着：霜雪，歌曲的天然乐趣，
高洁的情怀——炎夏所不曾知晓。

（1815年）

11月1日

远山峰顶的银辉，那样皎洁，
　那样明锐，那样亮得出奇！
　峰顶铺满了雪絮，柔润无比，
竟似另一个太阳照临世界，
光焰煌煌，要斥退临近的黑夜
　和闪闪繁星。此际，可有人乐于
　踏上那琼峰玉顶——若是他能去？
那儿呵，虽也属尘世，却未遭尘劫：
　营营扰扰的众生，败坏了人寰，
　却无力飞上雪峰，把那儿污染；
天神也不会侵损那一片美景——
皓白，璀璨，无瑕，纯然明净；
　坚贞耐久，阅尽了兴废变迁，
　只待春回，看幽谷繁花开遍。

（1815年）

作于风暴中

这个人，正苦于灵魂的骚乱烦嚣，
　连祈祷也未能给他带来慰藉；
　他径自前行——正值狂风肆虐，
电火在白天奔窜，鬼祟刁狡，
突如其来的惊雷震撼九霄；
　阴森森树丛奏起癫狂的音乐，
　甩下一簇又一簇残存的黄叶；
天昏地暗，群狼也战栗惊嗥，
仿佛太阳已陨没。他仰望苍穹，
　不由得灵魂一震：看哪！此刻
一块明净的天宇绽破了云层，
像蓝色圆盘——展示着祥和宁静；
　是不露形迹、不期而至的使者，
来自永远与凡民亲近的天庭①

（1819年2月）

① 亲近，原文为nigh，这个词屡见于英译本圣经（如《旧约·诗篇》等处），意思是指上帝对凡人的亲近。

无　　题

牧人翘望着东方，柔声说道：
　“月亮呵，你真亮，把遮住你的云彩
也照得通明！”这朵云，玲珑娇小，
　周身被清辉浸透，在天宇铺开；
明月却翩然把这幅面纱甩掉，[①]
　让光彩炫目的容颜显露出来，
　仿佛将她的美貌向天下表白——
那无端遭到侵损的天生美貌，
被她甩开的，飘然而去的云霓
　渐渐走远了，气色越来越阴郁；
这时，另一团浓云又汹汹进逼，
　来凌犯月轮，要把她明辉掩去；
　她呢，默默顺从了，隐退了——满足于

① 面纱，指遮住月亮的云彩。

谦逊的自尊心那一次从容的胜利。①

（1815年发表）

① 既然她（月亮）谦逊的自尊心已经得到过一次从容的胜利（指上文所述的甩掉云彩，显露容颜），她便感到欣慰和满足，也有了信心，不再介意此后的云遮雾掩。

无　　题

“月亮呵！你无声无息，默默登天，
　这么苍白的脸色，忧伤的步履！”[1]
怎么不见你？——你常在高空露面，
　在云间，像山林精魅那样驰驱！[2]
凄苦修女们，时时掩抑着悲叹，
　她们的步态才像你这般忧郁！
　北风神，今晚，为了呼唤你前去
狩猎，会狂吹号角，响彻云端。[3]
我若像墨林那样法力无边，[4]
　月神呵！我就会劈裂满天云霓，

---

① 这两行诗，原系英国诗人菲利普·锡德尼（1554—1586）的十四行组诗《爱星者与星》第三十一首的头两行。华兹华斯为了押韵，把锡德尼原诗中的skies改为sky。

② 据说，山林精魅快步如飞。人的肉眼本来看不出月亮的移动，但迅速飞扬的浮云常使人产生错觉，以为是月亮朝着相反的方向在急急奔驰。贾岛的诗句“走月逆行云”简练而又传神地描绘了这种景象（虽则是假象）。

③ 希腊罗马神话中的月神（阿尔忒弥斯或狄安娜）同时又是狩猎女神。

④ 墨林，西欧中世纪“亚瑟王传奇”中的预言家和术士，曾帮助亚瑟王创造出许多奇迹。

让星斗一拥而出，和你做伴，
　跟着你巡游，闪耀于青空万里；
　可是，辛霞呵！优胜者终究是你：[1]
你是女王——由于美，也由于尊严。

(约1804年3月以前)

① 辛霞，月神狄安娜的别名。

无　题

好比苍龙的巨眼，因睡意沉沉
　而蒙眬半闭；又好比一盏灯火
　在凄凉晦暗的潮雾中依稀闪烁：
天边，峰岭之间的缺口里，是一轮
幽幽的淡月，静止，沉寂，阴森；
　迷茫湖水里看不见她的倒影；
　浓云密布，不放出一颗星星
来给她做伴，来帮她散心解闷。
她郁郁不欢，把惨淡清光远送，
　可是，也许，环绕在她的身边，
是一个快乐家族在天庭聚拢，
　星儿们团团围坐，头脸光鲜，
有说，有笑，又有唱，在合唱声中
　无数嗓音和心音融成了一片。

（1815年发表）

威斯敏斯特桥上[1]

大地再没有比这儿更美的风貌：
　若有谁，对如此壮丽动人的景物
　竟无动于衷，那才是灵魂麻木；
瞧这座城市，像披上一领新袍，
披上了明艳晨光；环顾周遭：
　船舶，尖塔，剧院，教堂，华屋，
　都寂然坦然，向郊野、向天穹赤露，
在烟尘未染的大气里粲然闪耀。
旭日金辉洒布于峡谷山陵，
　也不比这片晨光更为奇丽；
我何尝见过、感受过这深沉宁静！
　河水徐流，由着自己的心意；
上帝呵！千门万户都沉睡未醒，
　这整个宏大心脏仍然在歇息！[2]

（1802年9月3日）

① 威斯敏斯特桥，伦敦市区横跨泰晤士河的一座大桥。
② 宏大心脏，指伦敦。

无　　题[1]

楞诺斯荒岛上，僵卧着，寂然不动，
　菲洛克忒忒斯像顽石雕像一般；[2]
　不时有野鸟飞来和他做伴，
停在他身上，或飞上他的神弓，[3]
逗得他严峻的脸上也露出笑容，
　收了泪，舒了一口气，由此而冲淡
　他横遭放逐，远离心爱的家园，
远离英雄的事业这种种苦痛。[4]
要相信：灵慧的生物往往能平缓

---

① 华兹华斯认为：宇宙本来是一个和谐的整体，人类和各种生物都是造化之子，本来可以和睦共居，互相亲近。这首十四行诗，以困处荒岛的菲洛克忒忒斯和狱中的囚徒作例证，说明飞鸟和爬虫都对人类怀有亲切的同情；相反，倒是在人类内部，人与人之间的同情心已丧失殆尽。第1—13行都是正面铺陈，并引出一个哲理性的结论；末行陡然一转，冷峭中含有殷忧。

② 据希腊神话和荷马史诗，菲洛克忒忒斯原为墨利玻亚国王。他参加希腊人征讨特洛伊的战争，但在途经克律塞岛时被毒蛇咬伤，伤口经久不愈，化脓发臭，希腊人担心他留在军中会引起瘟病，便把他遗弃在楞诺斯荒岛上。他在岛上独自苦熬了十年之久，后来又被希腊人接去参加特洛伊战争。

③ 菲洛克忒忒斯百发百中的神弓是赫拉克勒斯临死时遗赠给他的。后来他用这张弓射死了特洛伊战争的祸首帕里斯。

④ 英雄的事业，当系指特洛伊战争。

我们心智所不能疗救的悲辛；
在囚徒看来，小小爬虫的出现
也足以证明：巴士底监狱再深，[1]
也阻拦不了爱的光辉——尽管
人对自己的同类已毫无情分。

（1827年发表）

① 巴士底监狱，14至18世纪法国的国家监狱，位于巴黎，16世纪以后主要用于囚禁政治犯，是法国封建专制制度的象征。1789年7月14日巴黎人民起义，攻破巴士底监狱，从此开始了震撼全欧的法国大革命。

致 杜 鹃

雨后初晴，树林里百鸟声喧，
　其中，有什么震颤心胸的音响
　比得上你的第一声啼鸣，比得上
你那孪生的、分不开的双音，杜鹃！①
阴湿地牢里，不见阳光和青天，
　囚徒默数着苦难的年月，那地方
　你的歌声能到达；病人在病房
听到你，便有了欢乐，有了笑颜。
　也许有一日，高傲的苍鹰族类
　会亡于天敌之手；也许有一日，
荒原里再也听不到怒吼的雄狮；
但只要还有鸡声来唤醒朝晖，
　还有习习轻风吹送你双翅，
　你飘忽的清音就会在春天如约而至！②

（1827年发表）

---

① 双音，见前一首《致杜鹃》诗注。

② 英文十四行诗通常每行都是抑扬格五音步。本诗原文末行比其他各行多一音步，为六步。译诗依原诗，末行亦为六顿。

赠一位年届七旬的女士[①]

这样的年龄多美！明慧的夫人，
　你的形象呵，已由慈祥的造化、
　圣洁的神灵加以提炼而升华：
纯净，精粹，远胜于血肉之身；
不论何时，我一见你的形影，
　望着你未曾衰萎的白皙面颊，
你由于温顺而微微低俯的头颈，
　你鬓角旁边银辉闪闪的鬈发，
我便想：你像寒冬开放的雪花莲，
　淡雅宜人，能把我们的想象
　从荒凉冬景引向和煦的春光；[②]
你也像夜幕四垂时素月高悬，

① 歌咏一位七十高龄的妇人，而且赞颂她的美（包括内心美和外形美），不能矫饰失真，不能违心悖理，这是一个颇为棘手的题材。华兹华斯这首十四行诗，字斟句酌，巧譬善喻，句句写她的美，而又句句暗示她的老年（白发、寒冬、夜色等等），基本上可算写得恰到好处。据作者原注，这位七十岁的女士是菲茨杰拉德夫人。

② 雪花莲于冬末春初开白色小花。

透过蒙蒙的雾霭，清辉远映，
夜色愈浓，愈显得皎洁晶莹。

（1824年）

无　题[1]

你为何沉默不语？难道你的爱
　是弱不禁风的花草，只要天气
　一变化，就萎谢飘零？情分，恩义，
你一点不欠？一点也拿不出来？
而我对你的思念却从不倦怠，
　时时牵挂着，一心要为你效力，
怀着卑微的愿望：愿做个乞丐，
　只求从你的福泽中分一点余沥。
你说呀！我这温存而灼热的心底
　消受过你我二人的千般欢乐
如今却冷气森森，凄凉孤寂，
有甚于花凋叶落的野蔷薇丛里
　积满了皑皑白雪的荒废鸟窠：——
说呀！驱散我心头苦涩的猜疑！

（1830年1月18日）

① 这是作者六十岁时所作，深情绵邈，不减少年。华兹华斯晚期佳作不多，这一首却常见于各种选本。

致海登，观其所绘《拿破仑在圣赫勒拿岛》①

海登！你这幅画里逼真的造型，
　神妙的色彩，让精于此道的行家
　去品评叹赏吧；我却要赞美你笔下
表露的思想——它激起真正的诗情；
整个画面上是一片空茫寂静，
　天宇无云，大海也风平浪息；
　这个人，曾逞强要把全世界奴役，
如今独自站在这荒凉山顶，
　躬着背，双臂抱拢，面容晦暗，
　似曾被荒岛落日余晖所涂染；
落日沉没了——像他的权势威名，
　却不像权势威名一去不返。

① 本杰明·罗伯特·海登（1786—1846），英国画家，华兹华斯和济慈的友人。有才能，性狷介，终身贫困潦倒，曾因负债入狱，最后自杀于伦敦。《拿破仑在圣赫勒拿岛》是他的代表作之一。拿破仑1815年在滑铁卢战役中大败，被流放于南大西洋的圣赫勒拿岛，1821年在该岛死去，华兹华斯这首十四行诗，像他的《献给民族独立和自由的诗》一样，对拿破仑持否定和谴责的态度。

红日，这无罪的君王，巡回运转，①
迎候着他的是千秋万世的黎明。②

（1831年6月11日）

---

① 把太阳称为“无罪的君王”，暗示拿破仑是“有罪的君王”。

② 末行的“他”指“红日”。历代的帝王或最高统治者往往自比为太阳，其实，人间“有罪的君王”永远也不能与天上“无罪的君王”齐光并耀。华兹华斯在这里指出：统治者的权势威名像夕阳那样沉落以后，绝不会再像朝阳那样升起。

无　　题

汪斯费尔山！我一家真是有福，[1]
　能住在此地，能把你尽情饱览——
　从曙光在你头顶上刚刚闪现，
到薄暮彩云傍着你胸际飘浮。
你的奇景像天国神妙的礼物，
　施惠于我们平静的岁岁年年；
对此，至今未唱出一个音符
　来加以赞赏——诗人呵，有失体面！
慈惠的大地之子！不久以后，[2]
　当我们告别世人珍爱的一切，[3]
　让这首小诗留下，让它来证明：
多少次，你那灵异的威仪，在白昼
　使我们神旺；而你的幽影，在黑夜

① 汪斯费尔山，在威斯特摩兰郡，靠近温德密湖。

② “大地之子”，指汪斯费尔山。

③ 华兹华斯作此诗时，他和他妻子玛丽·赫钦森都已七十二岁，他妹妹多萝西也已七十一岁，所以他预计自己和亲人“不久以后”都会“告别”。

怎样把安恬赐给我们的心灵。

（1842年12月24日）

致山地少女

作于茵弗斯内德，洛蒙湖畔[1]

温柔的少女，你翩然出现，
似霖雨把“美”洒落人间！
十四个年头齐心协力，[2]
把山川灵秀钟萃于你：
苍苍的山石；青青的草茵；
雾帷半揭的漠漠丛林；
肃静无哗的湖水近旁，
有一道瀑布淙淙作响；
这边是小小一片湖湾；
幽径遮护着你的家园；——
你和这些缤纷的景物
恍如梦中显现的灵物，
趁尘缘俗虑都沉沉入睡，

① 洛蒙湖，苏格兰第一大湖，湖中有三十个岛屿。茵弗斯内德。洛蒙湖东岸的村镇。

② 该少女十四岁。这里是把“年头”拟人化。

便悄悄露面，向外界偷窥：
美妙的生灵！这寻常白天
有了你，便像天国般明艳：
祝福你，你是超凡的佳丽，
我却以凡人心意祝福你；
愿上帝保佑你一世安宁！
你和你伴侣，我素昧平生，
我的两眼却泪水盈盈。

　当我走远了，水阔山遥，
我也会为你热切祈祷；
我从未见过什么容颜
能这样明白昭彰地显现
乡野气息与温良淳朴，
在一派天真里趋于成熟。
像一粒种子，被信手抛甩，
落到这远离尘嚣的所在；
不需要世俗的窘态羞颜，
不需要闺秀的忸怩腼腆；
明净的眉宇分明展示着
你爽朗不羁的山民性格；
欢欣洋溢于鲜妍面影，

善心表露于温婉笑容；
你礼节适度，举止端庄，
应答进退都落落大方；
只是你思绪来得急速，
你的英语却穷于应付：①
这景况未免令人窘迫，
你勉为其难，怡然自若；
这一番周旋使你的仪态
更妩媚活泼，多姿多彩；——
我见过飞鸟顶着逆风，
奋然展翅，凌越长空，
也像你这样，叫我感动。

你这样娇美，又有谁不愿
采集花环来向你敬献？
是何等奇福，能住在这里；
在石楠繁茂的清幽谷地，②
过乡野生活，穿山民衣服，
做一个牧人，陪着你放牧！

① 该少女说的是苏格兰当地方言，说不好英语；但对着听不懂当地方言的英格兰客人，她只得勉力用英语交谈。

② 石楠，英国常见的一种常绿灌木，花紫色。

对你，我不免怀有企望——
郑重而切实，像真的一样：
你好比白浪滔滔的海里
一小朵浪花；我呵，我愿意
像邻人那样向你请求，
求你准许我：常在你左右，
常听你声音，常见你形影，
当你的兄长，当你的父亲，——
只要亲近你，当什么都行！

感谢上苍吧！是他的恩眷
指引我来到这寂寂荒原。
在这里有幸得享欢愉，
离去时也将满载而去。
珍贵的记忆铭刻心田，
它能使一切历历如见：
又何必依依惜别？我觉得
此地是为了记忆而造设；
这记忆时时给人以愉悦，
在有生之日绵延不竭。
我乐于见你，温柔的女郎！
但与你分别也无须惆怅；

因为我深信：直到我年老，
始终像此刻，能分明看到：
这湖波荡漾，这小屋孤零，
这瀑布飞洒，这湖湾幽静；
更能看到你——它们的魂灵！

（1803年）

往　西　走

一天傍晚，红日西沉，在凯特林湖边，我的旅伴和我正前往一处村舍（几周以前，我们曾路过那里，受到殷勤款待）；途中，在那僻静乡间一个特别荒凉的处所，我们遇到了两位衣着考究的女士。其中一位向我们招呼："怎么，你们往西走？"[①]

"怎么，你们往西走？""不错。"
我们这些远方的游客，
来到陌生土地上游逛，
要是全凭着运气瞎闯，
未免有点痴，有点糊涂；
然而，有这片青天引路，
哪怕一路上无村无店，
谁又会畏缩，止步不前？

① 凯特林湖在苏格兰珀斯郡，洛蒙湖以东。"我的旅伴"指多萝西。

阴冷的地面凝着露水；
身后是一片朦胧幽晦；
往西走，俨若上天的安排；
那一声招呼，逗人喜爱；
它蕴含的意境寥廓悠远，
没有方位，也没有界限；
仿佛给了我神异的权利，
去遨游那片光明的福地。

她走在自己家乡的湖畔，
那一声招呼，亲切柔婉，
是温文有礼的殷殷致意，
我们感受到其中的魅力；
当我凝望西天的霞彩，
那袅袅余音宛然犹在——
向我显示了人性的温良，
向我启迪了这样的思想：
漫漫的征途连绵不绝，
走下去，走遍前方的世界。

（1805年6月3日）

孤独割麦女

你瞧那孤独的山地少女！
　那片田野里，就只她一个，
她割呀，唱呀；——停下来听吧，
　要不就轻轻走过！
她独自割着，割下又捆好，
唱的是一支幽怨曲调；
你听！这一片清越音波
已经把深深山谷浸没。

夜莺也没有更美的歌喉
　来安慰那些困乏的旅客——
当他们找到了栖宿的绿洲，
　在那阿拉伯大漠；
在赫布里底——天边的海岛，[1]
春光里，听得见杜鹃啼叫，

---

① 天边的海岛，指赫布里底群岛，在苏格兰以西，由五百多个大小岛屿组成。

一声声叫破海上的沉静，
也不及她的歌这样动情。

谁能告诉我她唱些什么？
　也许这凄婉歌声是咏叹
古老、遥远的悲欢离合，
　往昔年代的征战？
要么是一支平凡曲子，
唱的是当今寻常小事？
常见的痛苦、失意、忧愁——
以前有过的，以后还会有？

不管这姑娘唱的是什么，
　她的歌仿佛没完没了；
只见她一边唱一边干活，
　弯腰挥动着镰刀；
我一动不动，悄悄听着；
及至我缓步登上山坡，
那歌调早已寂无声响，
却还在心底悠悠回荡。

（1805年11月5日）

罗布·罗伊之墓[①]

罗布·罗伊的事迹，久已洋洋盈耳。他的坟墓位于凯特林湖口附近那些状如牛栏的狭小墓地之中，显得冷落荒凉，来到苏格兰高地的旅人偶尔会见到。

罗宾汉大名无人不晓，[②]
　英格兰歌手传唱不息；
苏格兰也有个贤明侠盗，
　同样是骁勇的绿林英豪，
他就是罗布·罗伊！
快把他坟头野草除净，
让我们唱一首即兴歌行，
向这位勇武英雄致敬！

① 罗布·罗伊（1671—1734），苏格兰高地氏族首领，率领山民起义、反抗民族压迫的英雄，又是劫富济贫的侠盗，在苏格兰享有盛名——被称为“富豪的死对头，穷人的好朋友”。华兹华斯这首诗的写作时间，早于司各特的历史小说《罗布·罗伊》。他在诗中对这位农民起义领袖如此纵情歌颂，这是令人瞩目的。

② 罗宾汉，传说中的12世纪英格兰侠盗，劫富济贫，反抗官府，打击教会，保护农民。

罗布·罗伊有天赋的胆量，
　长长的胳臂，矫健的身手；[1]
一心只想着摧毁敌人，
　只想着保护朋友。

罗布，罗伊，他智勇双全！——
　休怪我过分把他夸赞；
怯生生吞吞吐吐的诗人
　不配唱这条好汉！

就该夸赞他智勇双全：
　智在思想中，勇在行动里；
他从天下万物的本性
　探求道义和公理。

罗布说："书本有什么用处？
　把法典烧光，连书架一起！
它们叫我们伤害同类，
　叫我们伤害自己。

① 罗布·罗伊两臂长得惊人，据说他不用弯腰就可以把手伸到膝盖下面，用袜带把长袜系好。

“我们性情像烈火，用法令
　来管制我们，是大错特错！
正由于法令，我们的心灵
　才受苦，才受折磨。

“我们受蒙蔽，迷迷糊糊，
　简单明了的原则也忘掉；
而这些原则我牢记心间，[1]
　是我行动的向导。

“瞧天上、地下、水里的生灵，
　何曾有没完没了的纷争！
它们过的是平静日子，
　心情也同样平静。

“为什么它们各得其所？
　只因遵奉古老的法则——
谁能够占有就去占有，
　谁有力量就取得。

① 此行“牢记心间”与上行“忘掉”似有矛盾。但上行的主语是“我们”，指群体；此行的主语是“我”，指个人。

“这样的信息有目共睹，
　这样的课程一学就会；
也没有什么情由会惹得
　强者们肆意妄为。

“乖戾的性情受到遏制；
　痴愚的野心趋于驯服；
个个按照能力的大小
　调整欲望的幅度。

“世间万类的消长兴衰，
　取决于它们的才智本领；
上帝规定了：谁有权管辖，
　谁只能俯首听命。

“权力的法则简单明了，
　人生短促，岁月无情；
要达到目标，要维护权益，
　我走最短的捷径！”

盛夏炎炎，寒冬凛凛，
　山岳里活跃着罗布·罗伊；

鹰隼扬威于万里长空，
　罗布称雄于大地。

他称雄——至少，一度称雄；
　但也饱历了艰辛忧患；
那时，官府势力已强盛，
　只怪他生得太晚。

也许，该怪他生得太早？
　这好汉若是活在今日，
他又会怎样蓬勃兴旺——
　像绿树，蓓蕾满枝！

那么，长官、地主、经管人，
　地租、行猎权、东家的领地，
就都会变得无足重轻，
　不值得放在心里。

罗布不肯在这里流连，
　死守这几块荒凉谷地；
他知道世界有多么辽阔，
　有多少天赐良机！

对他的宝剑，他会这么说：
　“由你来执行我的意旨，
在天南地北，半个世界，
　裁决法律和事实！

“不错，我们该尽到职责；
　同样，也该叫世人懂得：
我们对他们的爱护关怀
　不比任何人逊色。

“老一套都已老朽无用，
　上好的品类也都有欠缺；
我们要试试：用新的材料
　造一个新的世界。

“由我来统辖各国的君王，
　生杀予夺都听我指示；
让王国像浮云一样变换，
　服从于我的意旨。”

这些话未必不可能实现，
　要是实现了，那才了不起！

法兰西有她的当今豪杰，[1]
　我们有罗布·罗伊！

不要这么说；不能这么比；
　勇士呵！我不该把你诬枉；
在哪儿都不该诬枉你，尤其
　在这儿——在你的墓旁。

因为，你固然有几分凶猛，
　强悍氏族的凶猛领袖！[2]
你却有一条值得夸耀：
　你爱护人的自由。[3]

你的命运若是安排你
　活在今日——和我们一起，
你也会奋然挺身而出，
　去战斗，为了正义。

① 当今豪杰，指拿破仑。华兹华斯作此诗时，拿破仑势焰正盛。

② 罗布·罗伊是麦克格瑞戈尔氏族的首领，该氏族以勇武强悍著称。

③ 罗布·罗伊为了平民的自由而战斗，唯其如此，把他和摧残自由的拿破仑相提并论，就是对他的诬枉。

因为你还是穷人的靠山，
　穷人的心灵，穷人的手臂；
被压迫的民众需要力量，
　这力量得之于你。

当沉思的牧人独自彷徨于
　沃尔湖高丘，洛蒙湖堤岸，[①]
他那一声声深情的叹息
　足以证明这一点。

在远乡近土，在高山低谷，
　人们的神色也都是证明：
心中的骄傲在眼中闪耀，
　当听到你的大名！

（1805年或1806年）

① 沃尔湖，在苏格兰珀斯郡，凯特林湖以北。

未访的雅鲁河[①]

我们在斯特灵望见福斯河
由蜿蜒变为舒展；[②]
游历了泰河与克莱德河，[③]
又走在特威德河畔；[④]
当我们路过克洛文福德，[⑤]
“可爱的伴侣”开言：[⑥]
“不管怎么样，要转换方向，

---

① 雅鲁河在苏格兰南部塞尔扣克郡，流经洛斯湖和圣玛丽湖，汇入埃特里克河。因景色秀丽，常为诗人所吟咏。威廉·汉密尔顿（1704—1754）和约翰·洛甘（1748—1788）都有题为《雅鲁河堤岸》的名作。华兹华斯兄妹自幼熟读这些诗篇，对雅鲁有丰富生动的想象。在《未访的雅鲁河》一诗中，作者通过兄妹对话的形式，宣称：他宁愿长期保留他想象中的雅鲁形象，也不愿亲临雅鲁而导致这一形象的破坏或改变。华兹华斯常常觉得：想象中的事物比感官所接触的事物更为重要，也更为真实。参看《永生的信息》第九节注释。

② 斯特灵城，苏格兰中南部斯特灵郡的首府。市内城堡巍峨，可以凭高望远。福斯河在苏格兰中南部。

③ 泰河在苏格兰中部，是苏格兰最长的河流。克莱德河在苏格兰西南部。

④ 特威德河在苏格兰东南部。

⑤ 克洛文福德位于三岔路口，通往塞尔扣克城（塞尔扣克郡首府）和通往雅鲁镇（雅鲁河北岸一集镇）的路从这里分开。

⑥ “可爱的伴侣”一语出自汉密尔顿《雅鲁河堤岸》一诗。华兹华斯借用此语来指他妹妹多萝西。

去看雅鲁河堤岸。”

“雅鲁的乡民，到塞尔扣克[①]
买东卖西，让他们
回到雅鲁河边的村舍；
让少女回到家门！
把雅鲁留给觅食的苍鹭，
留给钻洞的野兔；
我们就沿着特威德走下去。
不拐弯，不去雅鲁。

“盖拉河，还有利德河淤地，[②]
都在我们的前方；
特威德流水声中，德莱堡[③]
有红雀齐声合唱；
梯维奥谷地，犁过了，耙过了，[④]
好一片喜气洋洋；

① 从这一行起，是作者对他妹妹的回答。“塞尔扣克”指塞尔扣克城。

② 盖拉河是特威德河的支流。利德河在苏格兰东南部贝里克郡，“淤地”指河边平坦的冲积地。苏格兰有一首题为《利德河淤地》的著名歌谣，为司各特和华兹华斯所喜爱。

③ 德莱堡，特威德河边的集镇。

④ 梯维奥河是特威德河的支流。梯维奥谷地即梯维奥河两岸的谷地。

为何要虚掷这有用的一日，
　去把雅鲁河寻访？

“雅鲁有什么？它空空荡荡，
　流过阴沉的山下；
要说值得你惊奇赞赏。
　千条河不亚于它。”
听了我这些鄙薄的言语，
　我妹妹好生不快；
叹气，瞪着我，怪我对雅鲁
　竟说出这种话来！

“雅鲁河，”我说，“水流很美，
　两岸也翠绿青苍；
山岩上，苹果高挂枝头，[①]
　让它们自生自长。
我们要巡行苏格兰全境，
　踏遍山路和空谷；
虽说是近在眼前，我们
　也不去访问雅鲁。

① 这行诗见于汉密尔顿的《雅鲁河堤岸》。

“让农家放牧的牛群去受用
　本密尔草原的清香；[①]
圣玛丽湖上，让天鹅游泳，[②]
　天鹅和影子成双！
我们，不论今朝或明朝，
　都不去那边看望；
只需要我们心里知道
　有雅鲁那块地方。

“不要与雅鲁相识、相见！
　否则，我们会后悔：
雅鲁有图像在我们心间，
　何苦要把它损毁？
多年来心底珍藏的梦境，
　妹妹呵，我们要保住；
若到了那里，尽管它美丽，
　却是另一条雅鲁！

“当忧伤随着老年同来，

① “本密尔”这个地名，是华兹华斯从苏格兰歌谣《利德河淤地》中借用的。那首歌谣中提到“本密尔沼地”。

② 圣玛丽湖在塞尔扣克郡，雅鲁河流过此湖。

对远游已无兴致；
我们已懒于离家出外，
又有些惘然若失；
当岁月凄清，心情暗淡，
将以此宽解愁肠：
大地依然有美景可看——
雅鲁河畔的风光！”

（1803年）

已访的雅鲁河

这就是雅鲁？这就是那条河？
　我一往情深的遐想
曾把它编成白日梦境——
　终归幻灭的图像！
但愿近旁有乐师的竖琴
　奏出欢快的音响，
驱除这一片空茫寂静，
　驱除我满怀怅惘！

为什么怅惘？这一道银流
　蜿蜒着，自由自在；
我从未见过别处的山峦
　像这般苍翠可爱。
圣玛丽湖呵，喜透深心，
　她笑容宛然可见；
因为山峦的异态奇姿

　　都在她镜中映现。

漠漠蓝天俯临于河谷，
　　唯有旭日的周围
闪射着白如珠玉的光华，
　　显得迷蒙而柔美；
前程似锦的淡淡黎明
　　容不得消沉沮丧；
然而，它并不禁阻游人
　　沉入深思与回想。

哪儿是光荣的雅鲁勇士
　　流血倒下的地方？[①]
他也许长眠于那座土丘——
　　此刻放牧着牛羊；
此刻像晨光一样宁静的
　　这一泓清亮池沼，
也许水鬼曾三次现形，

① 汉密尔顿在《雅鲁河堤岸》一诗中，曾歌咏一位青年勇士在雅鲁河畔流血捐躯的事迹。这位勇士被称为“雅鲁河谷之花”。

　　发出凄惨的警告。[①]

迷人的是那首歌谣，它吟唱
　　情人约会的去处——
以浓荫遮护他们的幽林，
　　通向幽林的小路；
还有那首诗，因悲悯而崇高，
　　它痛切有力地描述
爱的坚毅不屈的力量；[②]
　　作证吧，悲哀的雅鲁！

以前，在我痴情想象中，
　　雅鲁呵，你何等明丽；
今日，阳光下，你的真貌
　　和想象也堪匹敌；
周遭是一片甘美温馨，
　　圣洁、祥和而静谧；
芳菲凋谢后山林的幽韵，

① 洛甘的《雅鲁河堤岸》中有这样两行：水鬼三次现形于水面，/向雅鲁发出凄惨的呻吟。

② 洛甘的《雅鲁河堤岸》一诗，通过一个哀婉动人的故事，歌颂了生死不渝的坚贞爱情。

　　田野秋色的凄迷。[①]

过了这一带，河谷便露出
　　挺拔稠密的林木；
雅鲁曲曲弯弯地流过
　　那片丰饶的沃土：
挺拔的林木中间，耸立着
　　苍老的断垣残壁，
那是边境传说里有名的
　　纽瓦克古堡遗迹。[②]

让童年在此开花吐蕊；
　　让少年在此游乐；
让壮年在此欢娱尽兴；
　　让老年在此消磨！
那边素淡无华的村舍
　　仿佛是洞天福地，
佑护着温婉慈惠的心思，

---

① 这一节，主要是对昔日想象的雅鲁与今日目睹的雅鲁加以比较。为此，原诗交错使用了过去时式与现在时式。查尔斯·兰姆1815年4月28日写给华兹华斯的信中称赞这节诗说："我想，在诗的广阔世界中，再也找不到比这更美的一节了。"

② 边境，指靠近苏格兰与英格兰边界的地方。纽瓦克古堡遗址在雅鲁河畔，塞尔扣克城以西。

　孳育着纯真情谊。

多么惬意呵，趁秋高气爽，
　把林间野果采集，
把一枝石楠花当作华簪，
　插上伊人的发髻！①
要是我自己戴上个花环，
　也不算违情悖理；
你看群山也装扮一新，
　迎候来临的冬季。

雅鲁呵，我看到（不单凭视力）
　你已经让我赢得；
遐想的明辉并没有消隐，
　还在你上空闪射！
你这青春常在的河川
　流得活泼而欢乐；
我也能唱出愉快的歌曲，
　同你的调子配合。

① 伊人，指多萝西。

山前岭后飘游的雾霭
　不一刻便会消失；
它们太短暂，我也同样——
　要驱除这种忧思！
不论到何处，我相信，雅鲁！
　你这真切的图像
会与我同在，会使我欢快，
　会宽慰我的忧伤。

（1814年）

作于加莱附近海滨[1]

美丽的黄昏星，西方的明灯！你是
　我的祖国的星辰！地平线上方
　只见你荧荧孤悬，缓缓下降，
仿佛要投入英格兰怀中；同时
又乐于留在天边，做一颗宝石，
　在她华冠上闪耀，让万国瞻仰。[2]
　你该是英国的标志；该披上盛装，
开怀欢笑，映照着她的旗帜。
你下边，黑幽幽一片，那就是英国。

---

① 从这一首起，到《为滑铁卢之战而作》为止，共二十一首十四行诗，都选自《献给民族独立和自由的诗》这个集子。这个集子共七十四首，绝大多数（六十八首）为十四行诗。基调是维护欧洲各国的独立自由，反对拿破仑的对外扩张和武装侵略。写作时间始于1802年（即拿破仑就任“终身执政”的一年），终于1816年（即拿破仑在滑铁卢大败的次年）。用七十多首诗反映了十几年间欧洲的重大历史事件和拿破仑帝国的兴衰，可以说是一部“诗史”。这一首，诗题中的加莱是法国北部名城，与英国多佛尔港隔海相望，从英国到欧洲大陆的旅客多在此登岸。

② 她，指英格兰。黄昏星（金星）日落后出现于西方，英国也在法国的西方，所以从加莱附近海滨望去，黄昏星仿佛正悬在海峡彼岸的英国国土之上。

　愿上天赐福于你们两者！给你们[1]
同样的希望，同样的命运和生活，
　同样的荣耀！为英国，我耿耿多忧，
频频长叹——当我伴随着一群
　不爱英国的异邦人，在此地羁留。

（1802年8月）

① 你们两者，指黄昏星和英国。

加莱，1802年8月[①]

若不是随风摇曳的芦苇一株，
　那又是什么，吸引你们去朝觐？[②]
　贵族，律师，政治家，下等乡绅，
名流，无名者，瞎子，瘸子，病夫，
密密匝匝，像虫蚁倾巢而出，
　争先恐后，捧着进贡的礼品，
　屈膝膜拜法兰西登位的新君。
从来便如此。你们，卑下的臣仆，
可以向权势者表示相当的钦仰；
　但忠爱之忱又岂能匆忙播种，[③]
又岂能一遇骤雨便抽芽茁长？

---

① 拿破仑继1799年11月发动政变，成为“第一执政”之后，又于1802年8月2日就任“终身执政”，英国许多崇拜或同情拿破仑的人，此时纷纷渡海到法国，向这位执政表示敬意和祝贺。1802年9月，来到巴黎的英国人多达万人。华兹华斯一贯反对拿破仑，他对这些英国人十分鄙视，便写了这首诗斥责他们。

② 据《新约·马太福音》第十一章和《路加福音》第七章，耶稣曾对众人说过：“你们从前出去到旷野，是要看什么呢？要看风吹动的芦苇么？”

③ 此处“播种”的“种”读去声不读上声，与末行“贱种”的“种”并不重复。

当真理、自由、理智都一去无踪，
便等待一时半刻又有何妨？
令人齿冷呵，甘当奴隶的贱种！

（1802年）

为威尼斯共和国覆亡而作[1]

锦绣东方曾一度归她主宰；[2]
　西方也靠她卫护，受她庇荫；[3]
　威尼斯的声价无愧于她的身份——
她原是自由女神第一个婴孩。[4]
贞淑如处女，明艳而从容自在，
　阴谋和暴力都对她丝毫无损；
　当她有意为自己找一个情人，
她便选中了万古如斯的大海。[5]

---

① 威尼斯共和国成立于7世纪末叶，后来国势日盛，成为欧亚之间的商业中心，称雄于地中海，曾多次与热那亚、土耳其等国交战。1797年，威尼斯共和国为拿破仑所灭。

② 当时英国人所说的“东方”，往往是指西亚和南欧一带。威尼斯曾在这一带称雄，所以说她一度主宰过东方。

③ 指威尼斯的强大海军遏制了土耳其进犯西方各国的野心。

④ 匈奴人于5世纪，伦巴德人于6世纪相继侵入意大利北部，当地一部分居民因不愿遭受奴役，陆续迁往威尼斯湾的潟湖诸岛定居，这就是日后威尼斯共和国的基础和雏形。华兹华斯认为，威尼斯共和国体现反对奴役、维护自由的精神，而又成立得最早，所以称之“自由女神第一个婴孩”。

⑤ 998年，威尼斯共和国总督在肃清了亚得里亚海北部的海盗之后，宣布由威尼斯负责保护这一片海域。此后，每年耶稣升天节都要举行隆重仪式，由总督把一枚金戒指投入海中，以象征威尼斯与亚得里亚海的“婚礼”。

后来呢，她权势衰颓，荣华枯槁，
　尊严沦落，谁能料世事茫茫；
而当她悠长的生命终于不保，[1]
　我们却难免别有一番惆怅：
我们是凡人，不能不伤感，当看到
　前日的庞然大物，连影子也消亡。

（约1802年8月）

① 威尼斯共和国的历史约有一千一百年（7世纪末至18世纪末），所以说是“悠长的生命”。

致图森·路维杜尔[1]

图森，人世间最为不幸的是你！
　也许，此刻你听到犁地的农夫
　吹他的口哨；也许，地牢深处
你枕着土块，听不到半点声息。
哦，蒙难的领袖！何时何地
　你才能平息怒火！可不要死去；
　身遭囚禁，你也要面露欢愉；
你本人虽已蹉跌，势难再起，
也要活下去，要宽心。留下的人们
　仍然有力量，会接替你的事业；[2]

① 图森·路维杜尔（约1746—1803），拉丁美洲岛国海地的黑人革命领袖，奴隶出身。1791年革命爆发后，他领导黑人起义，抗击法国殖民者，击败西班牙和英国的入侵军队，摧毁了奴隶制度。1801年宣布海地自治，任终身执政。在屡次挫败拿破仑派来“讨伐”的军队之后，于1802年与法国议和，被对方诱捕，押往欧洲。1803年4月死在阿尔卑斯山中监狱里。图森入狱约两个月后，华兹华斯写了这首十四行诗。

② 图森死后仅半年，遭到惨败、伤亡过半的法国残军便向海地人民投降。随后，海地正式宣告独立，成为世界上第一个黑人共和国。共和国领导人以图森被诱捕的地点为会址，召集有图森的全体将领参加的会议，庄严宣读共和国独立宣言。

大气，天空，土地，也长远留存；
每一阵清风都不会把你忘却；
你有广大同盟军；你还有：喜悦，[1]
忧伤，挚爱，和永不屈服的精神。

（约1802年8月）

① 同盟军大约是指当时遭受拿破仑法国压迫或侵略的其他国家和人民。

登岸之日作于多佛尔附近山谷中[1]

重新呼吸在我们生身的国土上！
　鸡鸣，钟声，袅袅上升的炊烟；
　那边草坪上穿着白袖子衬衫
奔逐嬉戏的儿童；滚滚海浪
不断扑打白垩岩峭岸的喧响；——[2]
　这一切，这一切都是英国的！我从前
也常来这一带，眺望这翠谷青山；
却不曾像此刻这样心欢意畅。
欧罗巴还披枷戴锁；暂且别操心，
　别管它。你是自由的，我们的祖国！
　　重新踏上英格兰的绿野平畴，
和亲密伴侣一道，瞻望，倾听：[3]
　这幸福辰光只消有一时半刻，

① 1802年8月，作者和多萝西在法国加莱逗留了四个星期；8月30日他们渡海回国，在多佛尔港登岸。

② 面临多佛尔海峡的英国海岸多白垩岩。

③ 亲密伴侣，指多萝西。

我的欢乐和荣耀便已经足够！

（1802年8月30日）

一个英国人有感于瑞士的屈服[1]

两种声音：一种是海的呼啸，
　一种是山的喧响，都雄浑强劲；[2]
　年年岁岁，你欣赏这两种乐音，
自由女神呵，这是你酷爱的曲调！[3]
暴君来了，你怀着神圣的自豪
　奋起反抗；却徒劳无功，终于
　你被逐出了阿尔卑斯山地区，
那里的激流飞瀑你再难听到。[4]

---

① 1798年，法国出兵干涉瑞士的国内纷争：1802年，拿破仑凭恃武力，在瑞士扶植了一个亲法的政府。同时，拿破仑积极准备跨海入侵英国。华兹华斯认为，英国和瑞士是欧洲的两个自由国家，瑞士既已向拿破仑屈服而丧失了自由，英国便成了欧洲最后的自由堡垒，保住英国的自由便成了头等重要的大事。他在1806年（或1807年初）写的这首十四行诗中，以向自由女神呼吁的形式，形象化地表明了上述思想。1808年9月27日华兹华斯写给理查·夏普的信中，说这首十四行诗是他生平写得最好的一首。

② 英国四面环海，瑞士全境皆山。故诗中以"海"借指英国，以"山"借指瑞士。这是理解全诗的关键。

③ 以上四行，指出英国和瑞士都是自由国家，长期以来受到自由女神的眷爱。

④ 以上四行，表明瑞士已向拿破仑屈服而丧失了自由。"暴君"指拿破仑。"阿尔卑斯山地区"指瑞士。

你两耳既已失去了一种幸福，
　请把留下的这一种牢牢保住：[①]，
否则，女神呵，你该会怎样悲悼：
　当山洪一如往昔雷鸣不止，
　当海浪轰然扑打岸边峭石，
而两种威严乐曲你都听不到！[②]

（1806年或1807年）

---

① 失去的一种，指山的声音，借指瑞士的自由业已丧失；留下的一种，指海的声音，借指英国的自由仍然留存。

② 以上六行，呼吁保住英国的自由；并指出：英国的自由倘也丧失，后果将不堪设想。末行“两种威严乐曲你都听不到”是假想英国也丧失了自由之后的可悲情况。第八、第十四两行，原诗都以收尾并押韵，译诗都以“到”字收尾并押韵。

作于伦敦，1802年9月

朋友呵！我真不知道该向何方
　去寻求心灵安适；我不禁怅然，
　想到这一生无非是装点门面，
与工匠、厨子、马夫没什么两样。
我们都得像溪水，迎着骄阳
　闪耀金辉，否则便遭人白眼；
　最大的财主便是最大的圣贤；
自然之美和典籍已无人赞赏。
　侵吞掠夺，贪婪，挥霍无度——
这些，便是我们崇奉的偶像；
再没有淡泊生涯，高洁思想；
古老的淳风尽废，美德沦亡；
　失去了谨慎端方，安宁和睦，
断送了伦常准则，纯真信仰。

（1802年9月）

伦敦，1802年[①]

弥尔顿！今天，你应该活在世上：[②]
　英国需要你！她成了死水污池：
　教会，弄笔的文人，仗剑的武士，
千家万户，豪门的绣阁华堂，
断送了内心安恬——古老风尚；
　世风日下，我们都汲汲营私；
　哦！回来吧，快来把我们扶持，
给我们良风，美德，自由，力量！
你的精魂像遥空独照的星辰；
　你的声音像壮阔雄浑的大海；
　纯净如无云的天宇，雍容，自在，

① 在这首著名的十四行诗中，华兹华斯指出当时英国社会弊端百出，有如“死水污池”。希望重新出现弥尔顿那样的革命诗人和战士，来力挽颓风，涤瑕荡秽。他似乎隐隐以当代弥尔顿自许。但是，众所周知，他终究没有成为弥尔顿那样的革命诗人。

② 弥尔顿，见《无题》（别小看十四行）诗注。他毕生为捍卫民权、反对专制而战。华兹华斯对弥尔顿甚为钦仰，在他的作品中，所受弥尔顿的影响时常可见。

你在人生的寻常路途上行进，
怀着愉悦的虔诚；你的心也肯
把最为低下的职责引为己任。

（1802年9月）

无　题①

不列颠自由的洪流，从古昔年代
　就“波涛壮伟，势不可遏”，奔向
　浩茫海域，博得全世界赞赏；②
但它也常常动怒，脾气一来，
有益的堤坝便被它一脚踢开。③
　不能想象：这威名显赫的巨流
　竟然会枯竭，沉入沼泽和沙洲，
永远消失，再不管人间好歹。

---

① 在这首诗中，诗人纵情歌颂英国的自由。从祖国的光荣历史和现状，从民族文化传统，从举国一致的坚定信念，断言英国的自由独立决不会沦亡。但是，华兹华斯的民族光荣感、自豪感和他的民族优越感往往是混杂在一起的，在这首诗中也有流露。

② “波涛壮伟，势不可遏”二语，原系华兹华斯所推重的英国诗人塞缪尔·丹尼尔（1562—1619）在其长篇叙事诗《玫瑰战争》（1595）第二卷中描写泰晤士河的语句。

③ 以上两行，对“自由的洪流”有所贬责，与上下文不大协调。在1820年和更早的版本中，这两行原作：它的航道让众人随意往来；/靠它，把琳琅货品输出国外。

琳琅货品，大约是指英国的自由思想、自由传统、自由制度等。1827年才由作者修改成目前这样。这一修改，表现了对自由洪流冲决堤防的忧惧，反映了作者政治思想的日趋保守。

英武祖先的盔甲在堂上高悬；
　我们别无选择：不自由，便死亡；
我们的语言是莎士比亚的语言，
　我们和弥尔顿抱有同样的信仰；
世界上，我国事事比别人占先，
　有多少尊荣徽号由我国独享。

（1802年或1803年）

无　题

我记得一些大国如何衰退；
　当战士丢开宝剑而拿起账本，
　当学者撇下书斋去觅取黄金，
当高风美德告辞，祖国呵！我每每
为你担忧——也许我该受责备？
　现在，想到你，想到你在我内心
　是居于何等位置，我呵，便不禁
为那些唐突的忧虑感到羞愧。
你是人类正义事业的屏障；
　我们对你唯有珍爱与尊崇；
　　我的多心是出于对你的爱慕：
　这又有什么稀奇——在幽思遐想中，
诗人对你常常会揣测估量，
　就像情郎对恋人，儿女对父母！

（1802年或1803年）

献给肯特的士兵[1]

肯特的士兵，捍卫自由的前哨！
　你们的乡土傲视着法兰西海岸；
　今天，你们，她所养育的儿男，[2]
显示出英雄气概吧，时机已到！
快向法国佬发出邀请信号！
　让他们看出这是凶险的鏖战，
　让他们听到你们威严的呐喊，
让他们望见你们雪亮的长矛！
想当年，岿然独存，从容谈判，
　迫使诺曼人承认你们的权益，[3]
你们赢得了勇士的花环；今天

① 肯特郡位于英格兰东南端，与法国海岸相距仅三十余千米，当时拿破仑正积极策划渡海入侵英国，肯特郡首当其冲。

② 她，指“你们的乡土”，即肯特。

③ 这一行和下一行的“你们”指古代肯特人。诺曼人是日耳曼人的一支，曾于10世纪在法国西北部建立公国，11世纪渡海进入英格兰，建立诺曼底王朝。据传说，当时肯特人并未被诺曼人征服，而是通过谈判，使诺曼人承认了他们固有的权益。

再不会谈判了。不列颠齐心协力，
全境，全民，都是你们的后援；
　肯特的士兵呵！不是死，便是胜利！

（1803年10月）

预　　卜[1]

欢呼吧，为了我们辉煌的胜利！
　不列颠国土上，入侵者已被摧毁；
　天国的雄风吹过，他们像雪堆
僵卧于阳光之下，长眠不起。
大功已告成。在这片和平景象里，
　老年人，来吧，祝贺你们的后辈！[2]
　听处处鼓声齐响，喇叭齐吹！
妇女们，尽情欢乐吧！你们——小淘气！
大叫大嚷吧，把奶奶耳朵闹聋！
小娃娃，拍手吧！我们的赫赫战功
　谅必是出于天意，庄严而神圣：
　就连惨祸，痛苦，亲属的牺牲，
也能使我们感到欣慰和光荣——

---

① 这首诗的内容，是出于诗人的想象：想象拿破仑的军队入侵英国，被打得尸横遍野，一败涂地，英国军民庆祝胜利，举国狂欢。写这首诗的目的，显然在于鼓舞英国的士气民心。事实上，入侵英国的战役，拿破仑虽曾精心筹划，多方准备，但始终未能付诸实施。

② 你们的后辈，指克敌制胜的主力——青壮年一代。

死者将永享英名，永蒙天宠。

（1803年10月）

为“禁止贩卖奴隶法案”终获通过致托马斯·克拉克森[1]

克拉克森呵！这座山峥嵘突兀，
　攀登时何等险恶，何等艰辛，
　只怕没有人比你感受更深；
你还是热血青年，便挺身而出，
为这一崇高事业带头领路；
　听到了召唤，一声声反复不已，
　那是你心中的神谕，催你奋起；
你呵，时代的同伴，道义的信徒！
今天，我们终于胜利了；明天
　在其他各国，将同样获得胜利：
　血渍斑斑的文书已永远毁弃；
此后，你会有贤人应有的安恬，

① 托马斯·克拉克森（1760—1846），英国废奴运动领袖，为解放英国和欧洲各国的黑奴献出了毕生精力。

伟人应有的福祉；而你的热忱
会找到归宿，人类的可靠友人！

(1807年3月)

有感于《辛特拉协定》，为之撰一短论，并赋此诗[①]

我不去那边——那虚妄浮华的世界：
　它强行钳制生来自由的灵魂，
　它营私牟利的权术使意志沉沦，
连智勇之士也卷入朋党勾结。
我不去那边，却来到幽林岩穴，
　来到空旷的谷地，听激流滚滚
顺陡坡咆哮而下，永不停歇，
　溅沫扬波，喧响传遍了远近。
大自然！你是一所崇高的学校：
　　在此，我思忖西班牙的忧乐悲欢；

① 1807—1808年，法国军队陆续进入西班牙和葡萄牙（在此之前，葡萄牙是英国的盟国或附庸）。随后。拿破仑任命他哥哥约瑟夫为西班牙国王。1808年5月，西班牙人民举行大规模反法起义，斗争迅速席卷全国，约瑟夫狼狈逃走。6月，葡萄牙也爆发了反法起义。英国政府利用这一局势，派出远征军，于8月1日在葡萄牙登陆。英法两军交战，法军失利。8月30日，双方签订《辛特拉协定》（辛特拉是葡萄牙西部一城镇），规定把在葡萄牙的法军两万余人撤回法国。11月，拿破仑率领二十万大军亲征西班牙，攻占马德里；但西班牙人民始终战斗不屈，终于导致了拿破仑的溃灭。

为了她，我潜心考察时势的征兆，[1]
通过人类的良知，把路途试探；
瞻望，聆听，多方求索并推断：
斗争会胜利，思想会挣脱羁绊！

（1808年11月或12月）

① 她，指西班牙。

霍 弗 尔[1]

无畏的蒂罗尔人的英雄领袖，
　当真是凡间父母所生的儿子？
　也许是退尔的英灵返回人世，[2]
想叫这衰颓世道重新抖擞？
当天昏地暗的黑夜终于退走，
　他从晓色中来临，似天边旭日；
　却平易谦和，头上的简朴装饰
是一茎苍鹭羽翎，别无所有。
自由女神呵！敌军已动摇涣散，
　他们受到了重创，只想逃命；

① 安德里亚斯·霍弗尔（1767—1810），蒂罗尔（奥地利西部一地区）的爱国志士。1809年4月，他率领当地农民举行反法起义，迅即解放了蒂罗尔全境。4月至8月，他指挥的农民部队多次挫败法军，声威大振。8月，蒂罗尔成立了以霍弗尔为首的农民政府。11月，蒂罗尔抗法武装斗争失败，不久，霍弗尔由于叛徒出卖而被擒。翌年2月20日，他被拿破仑下令枪杀于意大利北部曼图亚。本诗第六行的“他”和第十二行的“首领”都指霍弗尔。

② 威廉·退尔，著名的瑞士爱国志士，农民起义领袖。生于13世纪后期。为了反抗异族统治，他从1307年起，领导瑞士人民进行了英勇卓绝的斗争。死于1350年。

巨石纷纷投下来，把他们的一半
　活埋了；看哪！这首领俨若神明；①
山岭，湍流，林木，都现身露面
嘲弄暴君，并遏止他的暴行。②

（1809年）

① 1809年8月初，法国大军云集蒂罗尔边境，全力“讨伐”霍弗尔领导的农民起义部队。蒂罗尔全民动员，妇女、儿童用石块和木头在山口构筑鹿砦，农民军战士隐蔽在山中，伺机歼敌。8月4日，法军先头部队进抵艾萨克塔尔，信号一响，巨石从山顶纷纷投落，步枪也同时从四面八方开火，法军死伤枕藉，由于退路被切断，残余法军俯首就擒。农民军乘胜追击，到8月中旬，进犯蒂罗尔的三万法军全数溃逃。法国元帅化装混存难民中间逃脱。

② 暴君，指拿破仑。

蒂罗尔人的心情[①]

祖先托付给我们的土地，只能
　传给我们的子孙，否则，毋宁死！
　这就是我们的信条，我们的天职；
上帝和造化都说：这样才公正。
要干，就得要拿起刀枪，—— 一定！
　孩子的眼神仿佛在殷殷嘱示，
　妻子的笑容，地下的先人骨殖，
沉静的天宇，都激励我们抗争。
把世代相传的歌曲放声高唱！
　这曲调出自深心，亲切而珍贵；
迎着天风鸣叫吧，牧野的牛羊！
　看我们踊跃前趋，虽死不悔；
刚强无畏的手里紧握着刀枪，
　要永保高风亮节，要卫护人类。

(1809年)

① 原诗韵式为abba，abba，cde，cde；译诗韵式前八行依原诗，后六行改为cdc，dcd。

有感于蒂罗尔人的屈服[①]

他们战斗是为了道义的目标；
　请看，连尊贵的君王也受辱遭殃，
　而这些贫苦牧民的决心、志向、
生气虎虎的雄图却毫不动摇！
他们对道义的追求绝不是徒劳：
　义举和威名，给后人留下了力量，
　留下了感召，留下了要求和主张——
这些呵，既摧毁不掉，也收买不了！
安歇吧，勇士们！安歇于故国青山！
　我们深知：你们虽受到约束，
　收敛了锋芒，但灵魂并未屈服；
有一天，再不能容忍罪孽和苦难，
　欧罗巴会爆发；牧民们！你们会跃起，

① 1809年春天至秋天，蒂罗尔人民（主要是农民和牧民）开展了轰轰烈烈的抗法武装斗争。11月，这一斗争终归失败，农民军被迫放下武器。华兹华斯在这首诗中指出：蒂罗尔人民所追求的不仅仅是军事和政治上的胜利，更重要的是道义上的胜利；武装斗争的失败决不意味着道义上的失败，恰恰相反，正是此后夺取全面胜利的先声。

会大获全胜，制伏你们的仇敌。

（1809年）

1810年

哦！帕拉福克斯在什么地方？[①]
口头笔底，没一点音信透露出
他的行踪，他的住处或葬处！
这条船还在航行吗？或是被巨浪
吞没了，远别了人们痛惜的目光？
勇士呵！我们再一次向你高呼：
回来吧，挫败那称王称帝的贱奴！[②]
在整个欧洲，点燃起新的希望，
让颓丧的人们振作起来！正义，
坚忍，牺牲，蕴含着无穷威力。

---

① 何塞·帕拉福克斯·伊·梅尔西（1775—1847），西班牙民族英雄，萨拉戈萨保卫战威名卓著的统帅。1808至1809年，拿破仑大军入侵西班牙，帕拉福克斯率领部队和居民坚守萨拉戈萨城（在西班牙东北部），历时两个多月，不断给来犯法军以重创。该城陷落后，他于1809年2月被捕，送往法国监禁了五年，直到拿破仑失势才出狱返国。华兹华斯作此诗时，帕拉福克斯正在狱中。

② 以上几行中，“这条船”“勇士”和“你”都是指帕拉福克斯。“贱奴”当系指拿破仑。

听吧，你的祖国正高奏凯歌！[①]
上帝笑看着你们闪闪的刀剑，
就像他自己手中闪闪的电火，[②]
　照亮了高山，城堡，河川两岸。

（1810年）

① 华兹华斯此诗作于1810年，当时西班牙全境游击战争如火如荼，法国侵略军频频受挫。

② 雷霆和电火是上帝手中的武器，用以打击敌对者和叛逆者，屡见于《旧约》的《出埃及记》《撒母耳记》《约伯记》《诗篇》和《新约》的《启示录》。

西班牙人的愤怒[①]

我们可以容忍他蹂躏田园，
　劫掠神庙，火光里挥舞刀枪，
　叫我们骸骨成灰，魂归泉壤，——
暴君的胃口本来就这样贪婪；
我们也可以容忍他一厢情愿，
　想叫西班牙臣服于他的统治，
　想随心所欲杀尽不屈的勇士，
只留下一片阴森晦暗的荒原。
然而，倘若他竟敢厚颜夸口，
　说他一心替我们把枷锁砸碎，
　说我们来日会对他讴歌赞美，[②]
那么，强制的耐性便到了尽头；
　我们的呻吟，羞愤，面容的惨白，

① 拿破仑于1808年大举进犯西班牙，已见前注。本诗中的“他”都指拿破仑，“我们”是西班牙人自称。

② 像历史上许多侵略者一样，拿破仑每当侵略别国时，总要大吹大擂，把自己说成是该国人民的解放者和救星。

都表明：他有权逞凶，我们却无权忍耐！[①]

（1810年）

① 原诗末行多出一个音步，为六步。译诗末行也有六顿。

法国兵和西班牙游击队①

又饿，又闷热，峭厉的狂风不断
　从山顶吹来，夜行军，长途跋涉，
　跨过积雪的高山，泥泞的沼泽——
闯过这重重险阻、道道难关，
游动的西班牙队伍被敌人追赶：
　追上了，打响了，冲散了，泡沫般隐没；
　像一群鹌鹑，凭信号，散开又聚合；
又听到他们的动静了！又追击一番——
法国兵，有长期练就的本领，有希望
　一举获胜；而游击队呢？一溜烟
　消失了！像死人入了土，杳然不见；

① 1808年，为了反抗拿破仑法国的侵略和统治，西班牙人民举行大规模武装起义，后来发展成为全国性的游击战争，持续数年之久，直到1813年法军全部撤出西班牙。拿破仑后来承认："倒霉的西班牙战争把我毁了。它是法国失败的第一个原因。"据华兹华斯自述，他当时对西班牙的抗法斗争怀着令人难以想象的深切同情，他曾多次在凌晨两点钟左右就离开格拉斯密的住处，到半路上去迎接来自凯西克镇的送报人，以期更早地读到报纸上有关西班牙战事的报道。大概正由于他熟读了大量这方面的报道，他才能在这首十四行诗里如此生动有致地描写出西班牙游击队来去无踪、神出鬼没的情景和震慑敌人的威力。

在哪儿？——剑锋直指大敌的心房！[1]
就这样，一年年，把他的去路拦挡，
　像频繁噩梦萦绕他罪孽的床边。

（1810年或1811年）

① “大敌”和下面两行的“他”都指拿破仑。

为滑铁卢之战而作[①]

艾尔宾英武的儿郎！你们并不
　轻贱自己的生命；看偌大人寰
　再没有另一个民族像你们这般
得天独厚，拥有这么多宝物；[②]
信上帝，依顺自然，把生命珍护；
　然而，当流血作战是义不容辞，
　你们便舍生取义，勇于效死；
这样，终于扫灭了那一伙狂徒。[③]
壮士们！随时都准备慷慨献身，
　殊死战斗中，随时会惨遭不测，
　却抱定必胜决心，热情如火。

---

① 1815年6月18日，英国、普鲁士联军同拿破仑率领的法军在比利时中部滑铁卢举行决战，法军大败。四天后，拿破仑退位，从此结束了他的政治生涯。1816年初，英国政府决定为滑铁卢战役建立纪念碑。华兹华斯便写了这首诗，赞颂英国军队击败拿破仑的功绩。1816年这首诗初次发表时，题为《滑铁卢战役纪念碑题词》。

② 意谓：英国是世界上最富饶、最美好的国家，因此英国的儿郎们更热爱其生活，珍视生命。第一行的“艾尔宾”是英格兰的古称。

③ 那一伙狂徒，指拿破仑及其一伙。

为了你们——战死者；也为了你们——
　守卫死者并完成伟业的生者：
　祖国同胞立起这丰碑一座！

（1816年2月）

无　题[1]

不羡慕拉丁姆幽林，它浓荫如盖，[2]
　使勃兰杜西亚泉水清爽阴凉，[3]
这泉水低声悄语，一如在古代——
　那时，塞宾的歌手曾为它吟唱；[4]
不向往波斯的花木——四季常开，
　植根于喷泉近边的湿润土壤；
不稀罕阿尔卑斯山雷鸣的湍濑，
　它穿过璀璨冰桥——像白虹一样。
我来看故乡的河水，把河源寻觅：

---

① 以下四首诗，都选自《十四行组诗：达登河》；这首无题诗是其第一首。华兹华斯曾多次游历欧洲大陆，到过法、比、德、意和瑞士等国，异邦的山川名胜，包括阿尔卑斯山雄伟绝伦的奇景，固然也使他惊喜赞叹，但只有故乡——英格兰的山山水水，才是他灵感和想象力的无尽泉源，才是他毕生的乳母、恩师和心灵塑造者。这层意思他曾多次表达过。在这首诗中，他以“不羡慕”“不向往”“不稀罕”异邦景物来反衬下文对故乡达登河的赞美，也正是表达上述的意思。原诗韵式为abab，abba，cdd，cdc；译诗改为abab，abab，cdc，dcd。

② 拉丁姆，古代地区名，在今意大利中西部，是古罗马国家的发祥地。

③ 勃兰杜西亚泉水，古罗马诗人贺拉斯（前65—前8）多次吟咏过的一道泉水。

④ 塞宾的歌手，指贺拉斯。古代亚平宁山区居民称为塞宾人，贺拉斯的住处称为塞宾农庄。

你们好，群山！你好，清晨的晓色！
在这爽朗高阜上畅然呼吸，
胜似在睡乡，在梦境之间跋涉；
诗句呵，要纯净，鲜明，流畅，有力，
因为是吟唱达登河，心爱的达登河！[①]

（1820年）

① 达登河在英格兰西北部，流经威斯特摩兰郡、坎伯兰郡和兰开夏郡，注入爱尔兰海。

踏 脚 石[①]

奔突的溪水，在不知不觉之中
　变成了涛声震耳的壮丽河川，
　不时有板桥、拱桥把河身横贯；
看吧！水浅处，与桥梁功用相同——
一块块石头，摆布得均匀齐整，
　像玲珑玉带一条，把两岸连缀，
　中间有许多空隙，让清清流水
不受阻碍，急匆匆趱赶路程。
好快呵！一浪跟一浪，滔滔不息！
　少年人来了，碰上了激浪汹波，
正好试试他初生之犊的勇气；
　老年人来了，发觉衰惫和虚弱
悄悄地，确确实实地，侵入了肌体，
　更痛感流光飞驶，来日无多！

（1820年）

① 踏脚石，指在浅水河中摆成一线，让行人踏着过河的石头，其作用与桥梁相似。原诗韵式为abba，acca，dde，ffe；译诗韵式前八行依原诗，后六行改为ded，ede。

无　　题

阿尔法秀丽的教堂，游客看来[1]
　像一颗明星那样可人心意——
　当乌云遮住半边天，从云间缝隙，
这颗星露出容颜，射出光彩；
像果实丰美的棕榈，高入云霭，
　俯瞰阿拉伯帐篷四周的荒地；
　像印度古树，让枝条垂入土里
又一一生根，撑起来庞然如盖。[2]
闲暇多美呵！但愿有闲暇，容许
　我躺在清波冲荡的教堂墓园，
　由累累坟冢引起虔敬的思念；
要么，在近处徘徊，向远方望去，
　月光下，看淡淡群峰幽幽闪现，

① 阿尔法，达登河畔的村镇。阿尔法的教堂以秀丽闻名。

② 印度古树，指印度无花果树，即榕树。参看弥尔顿《失乐园》第九卷第1100—1107行。

看不见河身，却欣然听见它低语。

(1820年)

追　思

我一离开你，我的同伴和向导，[①]
　便对你思念殷殷——痴愚的依恋！
　达登河！我后顾前瞻，俨然望见
你在往日、今日、来日的风貌：
你长流不息，永远滚滚滔滔，
　你姿容不改，活力永不中断；
　而我们——人呢？刚强，聪慧，勇敢，
年轻时叱咤风云，心高气傲，
到头来却难逃一死；——这又何妨！
　我们只求：自己的劳绩，有一些
　能留存，起作用，效力于未来岁月；
只求：当我们走向幽寂的泉壤，
　凭着爱、希望、信仰的价值而察觉
我们比自己料想的更为高尚。

（1820年）

① “你”“同伴和向导”都指达登河。

无　　题

这样的旅人最愉悦：低垂着两眼
　信步前行，不管有路没有路，
奇丽的山光水色围绕在身边，
　却不动声色，不再向周遭注目；
只在柔婉温存的幻象中沉湎，
　或在幽思冥想的佳趣中停伫——
新来的、乍去的缤纷美景之间，
　这样的佳趣往往乘虚而入。
当“思想”和“爱”一弃我们而去，[①]
　我们与缪斯的缘分便从此斩除；
有“思想”和“爱”作我们征途伴侣，
　那么，便不问耳目有没有感触，[②]

① 抽象名词拟人化，原文用大写表示，译文用引号表示。

② “思想”，承上文的“幽思冥想的佳趣”；“爱”，承上文的“柔婉温存的幻象”；“不问耳目有没有感触”，承上文的“低垂着两眼”“不再向周遭注目”等语。可见此诗章法的绵密。

内心的天庭自有灵感的甘露
来灌溉我们卑微恭顺的歌曲。

（1833年）

劝导与回答①

"为什么，威廉，在这块石头上，
你坐了整整半天工夫，
孤零零一个，把大好时光
在沉思幻想中虚度？

"怎么不读书？书才是光明，
没有它，人就会盲目、绝望！
起来！读书吧！去吸收古人
留下的精神滋养。

"你望着大地母亲，仿佛

① 这首诗的背景，是1798年5月或6月华兹华斯与评论家赫兹利特（1778—1830）之间的一场争辩。（马修，是一个虚拟的人名，华兹华斯的诗中多次出现，在这首诗里是暗指赫兹利特。）后来赫兹利特在《我与诗人们的初交》一文中曾提到这次争辩。

原诗前六节第一、二、三行四音步，第四行三音步（四四四三）；后二节第一、三行四音步，第二、四行三音步（四三四三）。译诗各行顿数悉依原诗音步数。

　她生你下来毫无意旨；
仿佛你是她头胎所出，
　你之前无人在世！”

艾绥特湖边，午前，很舒爽，[1]
　好朋友马修讲了这番话，
我不明白他何以这样讲，
　便对他回答如下：

“眼睛，它不能不看外界；
　耳朵，也不能不听声息；
四肢百骸时时有感觉，
　不管有意或无意。

“同时，我相信：宇宙的威灵
　也会留痕于我们心底，
我们唯有明智地受领，
　用它来滋养心力。

“我们置身于宇宙万物里，

① 艾绥特湖，位于威斯特摩兰郡与约克郡之间。

它们都说个不休，
对我们难道就没有教益？
又何须苦苦寻求？

“那就别问我：为什么这样
坐在石头上，俨如
与万物交谈，把大好时光
在沉思幻想中虚度。”

（1798年）

转　　折[①]

起来！朋友，把书本丢掉，
　当心会驼背弯腰；
起来！朋友，且开颜欢笑，
　凭什么自寻苦恼?

依山的斜日渐渐西垂，
　把傍晚金黄的光焰，
把清心爽目的霞彩柔辉，
　洒遍青碧的田园。

啃书本——无穷无尽的忧烦；
　听红雀唱得多美！
到林间来听吧，我敢断言：

① 本诗的主题，是《劝导与回答》一诗主题的继续与深化。原题“The Tables Tumed”，意为形势已发生重大转折，大约是指启蒙运动和法国大革命给予英国和整个欧洲思想文化界的巨大冲击和深刻影响。诗人劝导人们要顺应形势的变化而弃旧图新，指出：迷信书本业已山穷水尽，师法自然才有柳暗花明。诗中贬斥科学和艺术的论调，受卢梭的影响甚为明显。

这歌，旨饱含智慧。

唱得多畅快，这小小画眉！
听起来不同凡响；
来吧，来瞻仰万象的光辉，
让自然做你的师长。

自然的宝藏丰饶齐备，
能裨益心灵、脑力——
生命力散发出天然智慧，
欢愉显示出真理。

春天树林的律动，胜过
一切圣贤的教导，
它能指引你识别善恶，
点拨你做人之道。

自然挥洒出绝妙篇章；
理智却横加干扰，
它毁损万物的完美形象——
剖析无异于屠刀。

合上你索然无味的书本，
再休提艺术、科学；
来吧，带着你一颗赤心，
让它观照和领略。

（1798年）

早春命笔[①]

从林里，我斜倚一树而坐，
　听到千百种乐音交响；
我心旷神怡，听着听着，
　愉悦带来了怅惘。

内在的性灵，由造化引导，
　连通于外在的美好物象；
我不禁忧从中来，想到
　人把人弄成了什么样。

长春花牵引着小小花环，
　穿行在樱草丛簇的绿荫里：
我深信：每一朵花儿都喜欢

① 全篇大意是：宇宙一片和谐，万物各得其乐；唯独人类的所作所为每每与此相反，岂不可悲可叹。

原诗各行音步数，第一、二、三、六节为“四四四三”，第四、五节为“四三四三”。译诗各行顿数悉依原诗音步数。

　它所呼吸的空气。

鸟雀们跳着玩着，我不知
　它们在想些什么；
但它们细小的动作举止
　仿佛都激荡着欢乐。

小树枝铺开如扇子，去招引
　缕缕轻快的微风；
我反复寻思，始终确信
　其中有乐趣融融。

倘若这信念得自上天，
　倘若这原是造化的构想，
我岂不更有理由悲叹
　人把人弄成了这样！

（1798年）

给 妹 妹[1]

三月里第一个暖和晴天：
　一刻比一刻更加可爱，
门外高高的落叶松上面，
　知更鸟唱起歌来。

大气里盈溢着天赐的恩幸，
　仿佛把一种欣悦之感
给予了光秀的树木、山岭，
　给予了青绿的草原。

妹妹呵，我有这么个主意：
　早饭吃过了，且出来逛逛，
快点，放下你手里的活计，
　到外边晒晒太阳。

① 原诗各行音步数，有六节是“四四四三”，有四节是“四三四三”。译诗各行顿数悉依原诗音步数。

爱德华跟你一块来；快点，
　换上那一身林地衣裳；
可别带书来：今天这一天
　我们只用来闲荡。

可厌的框框休想来拘管
　我们灵活的日历：
照我们算来，今天才算
　今年的大年初一。

“爱”正在宇宙间滋生繁衍：
　从大地到人，从人到大地，
在心灵之间暗暗流转；——
　这正是感受的时机！

这时，顷刻之间的受用
　胜过多年的思维；
心灵凭借周身的毛孔
　吮吸阳春的精粹。

心灵会定出无声的条例，
　而且会长久遵行；

从今天开始，今后年月里，
　我们会心平气静。

有神力运行于上下方，
　我们借助于神力
来设计灵魂的规格度量，
　让灵魂以“爱”为归依。

来吧，妹妹！听我说，快点，
　换上那一身林地衣裳；
可别带书来：今天这一天
　我们只用来闲荡。

（1798年）

西蒙·李[1]

在风光秀丽的卡迪根郡，[2]
　离艾弗庄园不远的地方，
住着个又矮又瘦的老人——
　从前可又高又壮。
他打猎足足有三十五年，
　挺快活，东奔西跑；
两颊中心至今红扑扑，
　就像熟透的樱桃。

西蒙·李吹号无人能比，
　吆喝起来也洪亮动听，
只听得回声旋绕不已，
　四下里山鸣谷应。

① 本诗共十二节，每节八行。原诗各行音步数，除第八节为“四三四三四三四三”外，其他上一节均为“四四四五四三四三”。译诗各行顿数悉依原诗音步数。

② 卡迪根郡，在威尔士西部，濒临卡迪根湾。

那时，他是个神气的猎手，
　没心思耕田种地；
清早，乡亲们常被他闹醒，
　起来干称心的活计。

跑起来，谁也跑他不赢，
　人也好，马也好，都被他甩下；
往往，打猎还没完，他已经
　累得个头昏眼花。
如今，他老了，世上也还有
　叫他开心的事情：
出猎的猎狗齐声吠叫，
　这声音他特别爱听！

如今，景况变得好凄凉！
　他又老又穷，又弱又无力，
无亲无故的，留在世上，
　穿的是破旧号衣。
他主人死了，艾弗庄园
　也已经荒凉破败；①

① 主人，指艾弗庄园的地主。西蒙·李不是独立谋生的猎户，而是地主的雇工，为地主打猎并管理猎犬。

人呀，狗呀，马呀，都死了，
　只剩他一个还在。

他病病歪歪，干枯消瘦，
　身躯萎缩了，骨架倾斜，
脚腕子肿得又粗又厚，
　腿杆子又细又瘪。
世上，他只有一个依靠——
　他老伴，也上了年纪；
老两口住在瀑布近旁，
　那儿是村里的公地。

他们的土屋长满了苍苔，
　土屋门外不到二十步
是他们种的地——巴掌大一块，
　他们是最穷的一户。
早些年，他还有劲，还能
　在地边围起篱笆；
如今，他已经无力耕种，
　有了地也是白搭！

西蒙下地，鲁思也陪同，

　老汉做不了的活计，她做；
说起来寒碜：两个人当中，
　她要算硬朗的一个。
哪怕你费尽口舌，也休想
　劝他们歇工一天；
老两口尽心尽力，出的活
　却实在少得可怜！

他会告诉你：不出几个月，
　他就要闭眼入土；
因为，他越是操劳不歇，
　脚腕便越肿越粗。
可敬可亲的读者呵！我知道
　你还在耐心等待，
指望下文有什么故事，
　等我把它讲出来。

读者呵！若是宁静的沉思
　为你储备了清明的神智，
你就会懂得：每一件事情里
　都含有一篇故事。
请你读下去，好心的读者！

下文很短，马上完；
它不是故事；——你若肯思索，
变成故事也不难。

夏天，我偶然碰见这老人：
使出了浑身力气，他正在
挖一截已经朽烂的树墩，
想把它挖出土来。
他手里，十字镐摇摇晃晃；
白费劲，汗也白流；
看来，在这树墩子旁边，
他不知要挖多久。

“好西蒙，你已经累得不行，
让我来，”我说，“把家伙给我。”
听了我的话，他满脸高兴，
忙把十字镐递过。
我挖了一下，只一下，便把
缠结的树根挖出；
而这个可怜的老汉挖它，
枉费了半天辛苦。

泪水顿时涌上他两眼，
　道谢的话儿来得那么快——
感激和赞美出自他心间，
　却实在出乎我意外。
我听说世人无情无义，
　以冷漠回报善心；
然而，见别人满怀感激，
　我又止不住酸辛。[①]

（1798年）

① 对于如此微不足道的帮助，感激之情竟如此强烈，这就透露了，由于世风浇薄，连此等细小的善举也极为罕见。诗人的“酸辛”就是由此而来。

责　任　颂

“上帝之声”的严峻女儿！[①]
　“责任”呵！你是否喜爱这称号？
你是指路的明灯，你又是
　防范或惩罚过错的荆条！
当“恐怖”虚声恫吓，幸有你
律令威严，伸张了正气；
你叫人摆脱浮华的引诱，
叫世间昧昧众生终止无谓的争斗！

有些人不在意你对他们
　是否关注；对爱、对真理
他们从来不疑惑，做事情
　全凭年轻人的温情善意；[②]

① 上帝之声（the voice of God），指“良知”（conscience）。责任感出于良知（即道义感），所以诗人说“责任”是“良知”的女儿。

② 善行如果不是出于严肃的责任感，而仅仅出于一时的温情善意，则根基不固，难以持久。

愉悦的心灵！纯洁无疵，
执行着你的旨意而不知；
一些他们因误信而迷途，
令人敬畏的女神呵！请伸手将他们救助。

如果爱是不昧的灵光，
　如果欢乐能永保无虞，
我们的岁月会安详明朗，
　我们的心境会欣慰欢愉。
有些人抱定这样的信念，
明智而谨慎，至今不变，
他们会赢得一路福星，
而出于需要，也会寻求你鼎力支撑。

我热爱自由，而未谙世故，
　从来也不会随风转舵；
自己当向导，给自己领路，
　因过于盲目轻信而出错；
心中听到你适时的指令，
却每每延误，未及遵行，
只顾徜徉于平顺的途程：
今后，我定当竭力尽心，将你侍奉。

并不是由于灵魂的骚动，
　　也不是出于内疚和追悔，
而是在从容沉静的心绪中，
　　我恳求你呵，来把我支配；
无尽的自由已使我厌烦，
纷杂的欲愿已成了负担；
我的希望呵，再不会变换，
我所衷心渴慕的，是始终如一的安恬。

严峻的立法者！你分明显示出
　　上帝无比慈祥的恩惠；
我们没见过任何事物
　　能够与你的笑容比美；
花圃的繁英向你欢笑，
清香在你的脚下缭绕；
你监护星辰不偏离轨道；
万古苍穹因你而常新，而常保坚牢。

望你能屈就凡俗的任务，[①]
　　可畏的女神！而今而后，

① 凡俗的任务，指的是：对“我”（以及类似于“我”的人们）给以指导和扶助。凡俗，是与上文的“监护星辰”等等相对而言。

我归你管领，听你调度，
　从此告别了懦弱优柔！
请赐我自我牺牲的意志——
表现得谦恭而又明智；
　让我对理性萌生信仰；
让我做你的臣仆，永沐真理的明光！

（1804年）

布莱克老大娘和哈里·吉尔

什么事，什么事，这样不安？
　哈里·吉尔闹什么毛病？
他两排牙齿一个劲打战，
　打战，打战，打个不停！
哈里的坎肩儿可真不少——
　灰呢子，法兰绒，煞是好看；
他身上裹着的毯子和外套
　足足闷得死九条壮汉。

不论是三月、十二月、七月，
　哈里的景况都毫无变化；
邻舍们说得千真万确：
　他老是一个劲上牙打下牙。
不论是中午、晚上、清早，
　哈里的景况都毫无变化；
阳光下也好，月光下也好，

　　他老是一个劲上牙打下牙！

哈里是年轻的牲口贩子，
　　他力大身粗，谁也比不上；
红扑扑胖乎乎两块脸蛋子，
　　嗓门赛得过三人合唱。
布莱克老大娘又穷又老，
　　她穿得单薄，吃得差劲；
走过她门口，你便能看到
　　她那间小屋够多么寒碜！

她整天坐在破屋里纺线，
　　天黑了，还得干三个钟头；
挣得了多少？不值一提，
　　连买蜡烛的零钱也不够。
山南有村子，有茸茸绿草，
　　她住在山北当风的坡上——
山楂树给吹得东歪西倒，
　　迟迟不化的是满地冰霜。

孤苦无依的老妇人常常
　　两个人搭伙，住一间茅舍，

一个炉子上熬两份菜汤；
　她呢，却是孤零零一个。
最讨人喜欢的还是夏天——
　白天又长，又轻松又暖和；
那时，老大娘坐往门前，
　像山雀一样快快活活。

当寒冰封冻了一条条小河，
　她那把老骨头瑟瑟发抖，
这时候，有谁见了她，都会说：
　布莱克老大娘苦难临头。
凄惨的光景你不难想象，
　每天夜晚都苦楚难熬：
冷得够呛，她只好上床；
　冷得够呛，她怎能睡着！

冬天她也有顺心的时刻——
　当阵阵狂风连夜猛刮，
把树上那些枯朽的枝柯、
　厚实的木片吹落到地下。
可好景不长——乡亲们都说：
　她有病也好，没病也好，

在她家里从来没见过
　够烧三天的泥煤或柴草。

天冷得叫人经受不起，
　她那把老骨头疼痛难禁，
这时候，还能有什么东西
　比一道旧树篱更叫她动心？
当她的老骨头冻得发僵，
　实话实说吧，她多次连续
离开她的火，离开她的床，
　向哈里·吉尔的树篱走去。

哈里早就有几分觉察，
　疑心这婆子损坏了树篱；
他指天发誓：定要抓住她，
　抓住她，狠狠出一口恶气。
为此，他多次离开炉边，
　一个人悄悄走向田头，
他迎霜冒雪，熬夜不眠，
　要把布莱克老婆子抓到手。

有一回，躲在麦秸堆后侧，

　哈里睁眼向四方张望：
圆圆的月亮清光闪射，
　浓霜铺地，地面硬邦邦。
听到了响动——他十分警醒——
　又来啦？——他下坡，踮着脚尖——
正是布莱克老婆子！已经
　到了哈里的树篱跟前！

他暗自得意，眼看这婆子
　把枯枝抽出，一根又一根；
他躲在矮树丛后面窥伺，
　眼看她装满了那幅围裙。
围裙装满了，她扭头便走，
　走的还是那一条小路；
哈里冲出来，一声大吼，
　把这老婆子猛然截住。

怒冲冲，把她的胳膊紧攥；
　下死劲，把她的胳膊抓牢：
恶狠狠，把她的胳膊摇撼；
　“我到底抓住你啦！”他狂叫。
布莱克老大娘一声没吱，

　围裙里的枯枝掉了一地；
跪在枯枝上，她念念有词——
　她祷告明断是非的上帝。

她举起干瘪的手来祷告
　（哈里还抓住她的胳膊）：
“上帝呵！我的话您准能听到，
　叫他这辈子再别想暖和！”
天上的月亮冷冷清清，
　老大娘跪着喃喃祈祷；
她这两句话，哈里一听，
　浑身冷飕飕，转身便跑。

第二天，他整天叫苦不停，
　说身上好冷，浑身冷透；
他满心苦恼，满脸愁容，
　哈里·吉尔呵，可真够受！
那天，他加了一件大氅，
　加了，也不曾暖和半点；
星期四，他又买一件加上；
　没到星期天，他加了三件！

这些都枉费力气，都白搭：
　一块块毯子裹在他身上，
他还是一个劲上牙打下牙——
　像没关的窗户在风中碰撞。
哈里掉了膘，一天天消瘦，
　见到他的人，个个都说：
他呀，就算他活到高寿，
　明摆着，这辈子再别想暖和。

睡觉或起床，他一声不吭，
　对老少乡邻，什么也不讲：
只是不停地跟自己咕哝：
　“哈里·吉尔呵，冷得够呛！”
睡觉或起床，白天或晚上，
　他牙齿老是打战不止。
乡亲们，庄户们！你们要想想
　布莱克老大娘和哈里的故事。

（1798年）

无　题

我爱人见过世间美妙的种种。
她熟悉星辰，熟悉周遭的花木；
可是她从来就没有见过萤火虫，
一只也没有见过——我心里有数。

有一夜刮起了狂风，我骑在马上，
快到她家了，无意中瞥见：孤零零
一只萤火虫！我一见它那模样，
忙跳下马来，别提有多么高兴！

我把它捉住，放在一片树叶上，
随身带好，穿过夜晚的狂风；
它毫不畏缩，还照样闪闪发亮，
只是光焰略有些暗淡朦胧。

马不停蹄，来到我爱人住处，

我不声不响，走进她家的果园；
捧出萤火虫，念叨着，为它祝福，
把它小心安顿在果树下边。

第二天，我整天盼望着，担心，焦急；
晚上，萤火虫在树下闪出绿火；
我领露西到园中，“你瞧，这里！”
哦！她多么快活！我多么快活！

（1802年4月12日）

来吧，睡眠

译自拉丁文[1]

来吧，睡眠，哪怕你与死相近；
　来吧，上床吧，也不必去得匆忙：
这多么奇妙：活着却没有生命；
　这多么奇妙：死去却没有死亡。

（约1806年）

① 拉丁文原诗系英国诗人托马斯·沃顿（1728—1790）所作。沃顿曾任牛津大学英诗教授，著有《英国诗史》，1785—1790年为桂冠诗人。

华兹华斯英文译诗每行五音步，韵式为aabb；中文译诗每行五顿，韵式改为abab。

乔治和萨拉·格林[1]

谁为陌生人哭泣？不少人
为乔治和萨拉哭泣，
哀悼这一对不幸的夫妻，
他们就葬在此地。

那一夜，两口子走过荒野，
狂风起。暴雨倾盆；
家里留下了六个孩子，
却再也找不到家门。

连一间村舍、一户人家
他们也没有找到；
丈夫倒下了，只听得妻子
一声凄厉的惨叫。

①乔治·格林和妻子萨拉是格拉斯密谷地的乡民。1808年3月19日夜间，格林夫妇从附近山地返家途中，因风雨大作而迷失道路，双双遇难。葬礼之后不久，华兹华斯写了这首诗。对格林夫妇的几个遗孤，华兹华斯一家曾给以关照。

没走出几步，妻子也倒下，
　变成僵冷的皮囊；
短短几步路，像一条链子
　连接着夫妇一双。

森严险怪的山岭，如今
　蔼然眺望着墓地；
天宇的喧嚣已化为静默，
　像大海波平浪息。

平静的心灵深深地埋藏了——
　藏入深深的沉寂；
沉寂的心灵长留在这儿了——
　被这片墓园幽闭。

墓园里，他们安然无事了——
　再没有烦恼忧伤，
再不知恐惧悲痛，再不要
　阳光或指路的星光。

凄惨的人间最后一夜，
　充满了恐怖悲辛！

那一夜之后便是墓穴——
　黑洞洞，何等幽深！

墓穴是死者神圣的婚床，
　两口子并肩睡稳，
安宁的纽带，爱情的纽带，
　使他们永不离分！

（1808年4月）

让抱负不凡的诗人

让抱负不凡的诗人笔走风雷，
震骇世人心目吧；我的诗宁愿
寓激越于柔婉，沁入这样的心灵——
它们，乐于欢迎我的诗，并急于
以温良甘美的情意做出回答；
像三月之花，畏避凌厉的风暴，
而一经和煦的南风温存吹拂，
便怡然吐露满腔浓郁的馨香。

1841年（？）

小白屈菜[1]

小白屈菜呵，一遇到阴雨寒天，
　便畏缩闭拢，像许多野花那样；
一瞧见太阳重新在云端露面，
　便怡然舒展，与阳光同样明亮！

当密密冰雹蓦地从天空降落，
　当凛凛狂风逞威于林木田园，
我常看见它：把自己紧紧围裹，
　在严严实实的屏障里静静休眠。

可是，最近有一次，走过它身边，
　我认出它来（尽管它容颜已改）：
寒风里，木然僵立，毫无遮拦，
　一任那风风雨雨欺凌侵害。

① 白屈菜是一种野生菜，冬末春初开黄花。华兹华斯很喜欢这种花，在1802年曾写过《致小白屈菜》《再致小白屈菜》两诗，称之为报春的使者。

我止步细看，在心中自语喃喃：
　“对这场冷雨凄风，它何尝喜爱；
这不是出于自愿，出于勇敢，
　是因为老了，只能听命运安排。

“它已经衰惫不堪，救不了自己；
　阳光露水也难使生机重旺；
茎叶都僵了，褪了色，枯萎凋敝！”
　我嗤笑它的老态，也暗自忧伤：

年少时，造化对我们何等优渥！
　老来又何等寒酸！这便是天命！
人呵，青春岁月里辉煌阔绰，
　老了，只配讨一点余沥残羹！

（1804年）

哀　歌[①]

看了乔治·博蒙特爵士所画暴风雨中的皮尔古堡，有感而作[②]

峥嵘古堡呵！我曾是你的近邻——
　夏天里，有四个星期住在你旁边，
天天看见你：你一直沉睡未醒，
　悄然俯临着一平如镜的海面。

那时节，天宇澄清，气氛静穆；
　一天又一天，每天都毫无二致；
你的形影呵，时时都宛然在目：
　闪烁不定，却从来也不消失。

何等完美的静态！既不像睡眠，

---

① 1805年2月5日，作者的弟弟海军军官约翰·华兹华斯因沉船而遇难。其后不久，作者看到友人博蒙特所画的皮尔古堡图，图中风雨大作的景象使他触景生情，便以这幅画为由头。写了这首《哀歌》，描述亲人之死对他内心世界的影响。有些学者认为，从这首诗中可以看出作者从泛神论向正统基督教教义转变的信息。

② 乔治·博蒙特爵士已见前注。皮尔古堡，在兰开夏郡北部皮尔岛上。

　　也不像与季节同去同来的心境；
我简直觉得：在宇宙万物中间，
　　最温良文静的便是这浩浩沧溟。

若是让我来挥毫作画，来表现
　　当时的景色，再添上想象的光芒——
在陆地、海洋从未见过的光焰，[①]
　　添上神奇的笔触，诗人的梦想。

苍苍古堡呵！我就会把你摆在
　　另一幅画面里，与这幅大不相同：
陪伴着你的，是永远微笑的碧海，
　　安详的大地，慈祥恺悌的天穹。

你那儿，祥和的岁月源源汇集；
　　你本身便是天国福祉的记录；
古往今来普照大地的阳光里，
　　照临于你的明辉最爽心悦目。

画中的意境永远是闲适清悠：

① 在陆地、海洋从未见过，意谓："不出现于外界，只存在于内心。"

安恬如乐土，没有纷争或苦役；
没有动静，除了潮水的奔流，
除了微风，造化无声的呼吸。

依据我心中那种痴迷的幻想，
那时我本可画出这样的图形：
画面上处处显示着精微的真相，
显示着稳固无虞的平安宁静。

当时是那种心情，——如今已改换；
我已有新的信念作我的主宰；
业已消逝的力量绝不会还原；
深沉的哀痛唤起我满腔慈爱。①

如今我再也见不到含笑的碧海，
再也无法回到当时的心境；
我这伤悼的情怀会常新永在；——
这番话，我说的时候神志清明。

博蒙特，好友呵！我所悼念的死者

① 深沉的哀痛，指其弟约翰之死。下文“伤悼的情怀”也是指此而言。

　要是还活着，你也会乐与交往；
对于你的画，我赞许，决不指责；
　这阴沉的海岸，这喧嚣暴跳的海洋！

激情充沛的手笔！没想得周全，
　画面的气氛是出于精心选定：
滔天恶浪里颠簸摇荡的航船，
　愁惨的天穹，惊险万状的图景！

而这座古堡，我爱看它的神色——
　傲岸庄严，在这里昂然高耸，
披着苍老冷漠的铠甲，睥睨着
　洪涛滚滚，惊雷怒电与狂风。

别了，别了那独来独往的心灵！
　它躲在梦幻之中，远离人世；
尽管它自得其乐，却可怜可悯：
　那种乐趣呵，其实是蒙昧无知。

愿我有刚强的毅力，坚韧的乐观，
　来迎接种种行将遭遇的景象——

与眼前的景象相似，或更加凶险！[①]
我们的苦难哀伤里蕴含着希望。

（1805年）

① 眼前的景象，既可指作者眼前的这幅画，也可指作者因丧失亲人而面临的不幸。

永生的信息[①]

儿童乃是成人的父亲；
我可以指望：我一世光阴
自始至终贯穿着对自然的虔敬。

一

还记得当年，大地的千形万态，
绿野，丛林，滔滔的流水，
在我看来
仿佛都呈现天国的明辉，

① 原题全文译出为《咏童年往事中的永生的信息》。通常简称《永生的信息》。这首诗，像《序曲》和《廷腾寺》一样，常被视为华兹华斯特别重要的作品。美国著名思想家、诗人爱默生（1803—1882）认为这首诗标志着"19世纪诗歌的最高水平"。全诗大意是：人的灵魂来自永生的世界（即天国）；童年离出生时间较近，离永生世界也较近，因而能够时时在自然界看到、感受到天国的荣光；以后渐渐长大，与尘世接触渐渐增多，这种荣光便渐渐消失；但是无须悲观，因为永生世界的影响仍有留存，童年往事还可通过回忆而再现，只要善于从中汲取力量，并亲近自然，接受自然的陶冶，便依然可以感受到永生的信息，依然可以望见永生之海。

原诗的音步和韵式都复杂多变，译诗大体上依照原诗，间或有所更动。

赫赫的荣光，梦境的新姿异彩。
可是如今呢，光景已不似当年——
　　不论白天或晚上，
　　不论我走向何方，
当年所见的情境如今已不能重见。

二

　　虹霓显而复隐，
　　玫瑰秀色宜人；
　　明月怡然环顾，
　　天宇澄净无云；
　　湖水清丽悦目，
　　星斗映现湖心；
　旭日方升，金辉闪射；
　然而，不论我身在何方，
我总觉得：大地的荣光已黯然减色。

三

听这些鸟儿，把欢乐之歌高唱，
　　瞧这些小小羊羔

　　应着鼓声而蹦跳，
唯独我，偏偏有愁思来到心间；
沉吟咏叹了一番，把愁思排遣，
　　于是乎心神重旺。
悬崖上，似号角齐鸣，飞泻着瀑布；
再不许愁思搅扰这大好时光；
听回声此伏彼起，响彻山冈，
清风从沉睡的田野向我吹拂，
　　　天地间喜气盈盈；
　　　　海洋和陆地
　　都忘情作乐，似醉如迷，
　　鸟兽也以五月的豪情
　　　把佳节良辰欢庆；
　　　　快乐的牧童！
高声喊叫吧，让我听听你快乐的叫声！

四

我听到你们一声声互相呼唤，
　你们，幸福的生灵！我看到
和你们一起，天庭也开颜喜笑；
　我心中分享你们的狂欢，

我头上戴着节日的花冠，
你们丰饶的福泽，我一一耳濡目染。
这样的日子里怎容得愁闷！
温馨的五月，明丽的清晨，
大地已装扮一新，
四下里远远近近，
溪谷间，山坡下，
都有孩子们采集鲜花；
和煦的阳光照临下界，
母亲怀抱里婴儿跳跃；
我听着，听着，满心欢悦！
然而，有一棵老树，在林间独立，
有一片田园，在我的眼底，
它们低语着，谈着已逝的往昔；
我脚下一株三色堇
也在把旧话重提：
到哪儿去了，那些幻异的光影？
如今在哪儿，往日的荣光和梦境？

五

我们的诞生其实是入睡，是忘却：

与躯体同来的魂魄——生命的星辰，
　　原先在异域安歇，
　　此时从远方来临；[①]
　并未把前缘淡忘无余，
　并非赤条条身无寸缕，
我们披祥云，来自上帝身边——
　　那本是我们的家园；
年幼时，天国的明辉近在眼前；
当儿童渐渐成长，牢笼的阴影
　　便渐渐向他逼近，
然而那明辉，那流布明辉的光源，
　　他还能欣然望见；
少年时代，他每日由东向西，[②]
　也还能领悟造化的神奇，
　　幻异的光影依然
　　是他旅途的同伴；
及至他长大成人，明辉便泯灭，
消溶于暗淡流光，平凡日月。

① 此时，指我们诞生之时。
② “东”与“西”分别代表人生的起点和终点。

六

尘世自有她一套世俗的心愿，
她把世俗的欢娱罗列在膝前；[①]
这保姆怀着绝不卑微的志向，
　　俨若有慈母心肠，
　她竭尽全力，诱使世人
　（她抚育的孩子，收留的居民）
忘掉昔年常见的神圣荣光，
忘掉昔年惯住的天国殿堂。

七

瞧这个孩子，沉浸在早年的幸福里，
六岁的宝贝，小不点，玲珑乖巧！
小手做出的玩意儿摆布在周遭，
母亲的频频亲吻叫他厌腻，
父亲的灼灼目光向他闪耀！
他身边有他勾画的小小图形，
那是他人生憧憬的零星片段，

① 这两行的“她”和下行的“保姆”都是指尘世。

是他用新学手艺描摹的场景：
　一场庆典，或一席婚筵，
　一次葬礼，或一番悼念；
　这些，盘绕于他的心灵，
　这些，他编成歌曲哼唱；
　　此后，他另换新腔
去谈论爱情，谈论斗争和事业；
　　过不了多久时光，
　　他又把这些抛却，
　　以新的豪情和欢悦，
这位小演员，把新的台词诵读，
出入于“谐剧舞台”，演各色人物[①]
（全都是人生女神挈带的臣仆），
　直演到老迈龙钟，风瘫麻木：
　　仿佛他一生业绩
　　便是不停地模拟。

八

你的外在身形远远比不上

① “谐剧舞台”一语，出自英国诗人塞缪尔·丹尼尔（1562—1619）的十四行诗《致福克·格雷维尔》第一行。

内在灵魂的宏广；[1]
卓越的哲人！保全了异禀英才，
你是盲人中间的明眸慧眼，
不听也不说，谛视着永恒之海，
永恒的灵智时时在眼前闪现。
　超凡的智者，有福的先知！
　真理就在你心头栖止
（为寻求真理，我们辛劳了一世，
寻得了，又在墓穴的幽冥里亡失）：
“永生”是凛然不容回避的存在，
它将你抚育，像阳光抚育万物，
它将你荫庇，像主人荫庇奴仆；
　　　在你看来，
墓穴无非是一张寂静的眠床，
　不知白昼，不见阳光，
让我们在那儿沉思，在那儿期待。[2]
孩子呵！如今你位于生命的高峰，
因保有天赋自由而享有尊荣，
为什么你竟懵然与天恩作对，

① 你，指上文所说的六岁小孩。

② 以上四行见于1807年和1815年的版本；经柯尔律治提出批评后，在1820年和此后的版本中被作者删去。

为什么迫不及待地吁请“年岁”
早早把命定的重轭加在你身上？
快了！你的灵魂要熬受尘世的苦楚，
你的身心要承载习俗的重负，
凌厉与冰霜相似，深广与生活相仿！

九

幸而往昔的余烬里
还有些火星留下，
性灵还不曾忘记
匆匆一现的昙花！
对往昔岁月的追思，在我的心底
唤起了历久不渝的赞美和谢意；
倒不是为了这些最该赞美的：
快乐和自由——孩子的天真信仰；
不论他是忙是闲，总想要腾飞的
新近在他心坎里形成的希望；
我歌唱、赞美、感谢，
并不是为了这些；
而是为了儿时对感官世界、

对世间万物寻根究底的盘诘；[1]
为了失落的、消亡的一切；
为了在迷茫境域之间
漂泊不定的旅人的困惑犹疑；
为了崇高的天性——在它面前
俗骨凡胎似罪犯惊惶战栗；
为了早岁的情思，
为了幽渺的往事——
这些，不论怎样，
总是我们整个白昼的光源，
总是我们视野里主要的光焰；
有它们把我们扶持，把我们喂养，
我们喧嚣扰攘的岁月便显得
不过是永恒静穆之中的片刻；
醒了的真理再不会亡失：
不论冷漠或愚痴，
成人或童稚，
世间与欢乐为敌的一切，
都休想把这些真理抹杀或磨灭！

① 作者1843年解释这首诗时说，他在童年时期，对于外界事物究竟是否客观存在的实体常常感到困惑。当时在他看来，想象中的事物常常比感官所接触的事物更为真实可信。“对感官世界、对世间万物寻根究底的盘诘”即指此而言。

因此，在天朗气清的季节里，
我们虽深居内地，
灵魂却远远望得见永生之海：
这海水把我们送来此间，
一会儿便可以登临彼岸，
看得见岸边孩子们游玩比赛，
听得见终古不息的海浪滚滚而来。

十

唱吧，鸟儿们，唱一曲欢乐之歌！
让这些小小羊羔
应着鼓声而蹦跳！
我们也想与你们同乐，
会玩会唱的一群！
今天，你们从内心
尝到了五月的欢欣！
尽管那一度荧煌耀眼的明辉
已经永远从我的视野里消退，
尽管谁也休想再觅回
鲜花往日的荣光，绿草昔年的明媚；
我们却无须悲痛，往昔的影响

仍有留存，要从中汲取力量；
　留存于早岁萌生的同情心——
　它既已萌生，便永难消泯；
　留存于抚慰心灵的思想——
　它源于人类的苦难创伤；
　留存于洞察死生的信念——
　它来自富于哲理启示的童年。

十一

哦！流泉，丛树，绿野，青山！
我们之间的情谊永不会中断！
你们的伟力深入我心灵的中心；
我虽然舍弃了儿时的那种欢欣，
却更加亲近你们，受你们陶冶。
我喜爱奔流的溪涧，胜过当初
我脚步和溪涧同样轻快的时节；
一日之始的晨光，纯净澄洁，
　　也依然引我爱慕；
　对于审视过人间生死的眼睛，
　　落日周围的霞光云影
　　色调也显得庄严素净；

又一段赛程终结了，又一番告捷获胜。①
　　感谢人类的心灵哺养了我们，
　　感谢这心灵的欢乐、忧虑和温存：
　　对于我，最平淡的野花也能启发
　　最深沉的思绪——眼泪所不能表达。

(1802—1804年)

① 参看《新约·哥林多前书》第九章第二十四节。

序曲（选段）

啊，轻柔的风带着良好的祝愿[①]

啊，轻柔的风带着良好的祝愿，
像一位贵宾，轻轻抚着我的双颊，
似乎隐约地感到，从碧绿的田野，
从遥远的蓝天，带来的欢乐。
不管什么是它的使命，轻柔的和风，
对我比对别人都特别钟情。
逃离了大城市，在那儿我消瘦憔悴，
成为不满的寄居者；现在我自由了，
像小鸟般自由，栖息到喜爱的地方。
迎接我的是什么样的住所？什么山谷
才是我停泊的港口？什么样的树丛下
让我建立自己的家？哪种清澈溪流
潺潺地流过，催我进入梦乡？

① 各段均以选诗首句作为标题。

全球呈现在我的眼前[①]，我心情舒畅，
对心的自由我用不着担忧，
极目远望，如那悠悠的浮云，
成为我选中的最好不过的向导，
我亦不会迷失方向。我又自由呼吸！
我思绪纷繁，同时又心潮澎湃。
两者都飞速地来临：我抖落了
那本不属于我天性的包袱——
那许多沉重的、令人厌倦的日子，
不属于我，也本不是为我而存在。
月复一月的宁静（若这大胆的说法
符合人生的希望——美好的前程），
月复一月的悠闲和无干扰的欢欣，
展示着我的前景：通过大道或小径，
穿过无路可循的田野，上山或下坡，
我会走到那里去吗？会有什么样的
浮标，在河中指引着我前进的航程？

（以上选自第一卷“引言——童年和学童时代”）

① 在《序曲》中（一直到四十五行）华兹华斯像在本行一样，常常暗示弥尔顿的《失乐园》中亚当、夏娃的处境。这里指的是自由自在地遨游。1795年华兹华斯从伦敦到多塞郡的雷斯当，1799年与妹妹在格拉斯米尔定居。

宇宙之间的智慧和精神啊

　宇宙之间的智慧和精神啊！
你——灵魂，是永生永存的思想活动，
你赋予一切形式与形象以生命
和永不止息的运动，这并非徒劳，
从我儿时的第一个清晨起，无论
白天还是黑夜，你都使我同激情
结下了不解之缘，造就人类的灵魂；
不是用世人的庸俗卑微的琐碎事情，
而是以崇高的目标和不朽的业绩——
生命和天性，就这般地净化了
我的思想感情的组成部分，
用这种方法，将我的痛苦与恐惧
完全清洗干净，一直到我们承认
我们的心是为着伟业而跳动。
而且赐予我的这种友谊也不曾有
丝毫吝惜之情。在十一月的日子里，
当山谷里藏在迷蒙的雾气之中，
使孤独的景象更添孤独，在林子里，
中午时分，或是仍处于夏夜的宁静，
傍着微波荡漾的湖水，那时节

从幽暗的小山脚下，我踏上归程，
孑然一身，这友好交往全属我一人。
我的交往，无论白天黑夜，都在田野，
在水边，而且是在整个漫长的夏季。

在千里冰封的季节，西边的太阳
已经下山，看得见在好几英里以外
苍茫的暮色中小屋里闪着灯光，
我不曾理会它们的召唤：欢乐时光
确实为我们大家分享——就我来说，
那是令人迷恋的时刻！清脆而响亮
村里的钟声敲响六点——我四处转悠
像还不知疲倦的小马，自豪又兴奋，
忘记了自己的家门。足蹬钢底冰鞋
在晶亮的冰面上呼啸而过，一伙伙
游玩作乐，模仿着追猎的场面，
还有那林地的欢乐——号角响彻四方
群犬高声狂吠，那被追逐的野兔，
这样在黑夜和严寒之中，我们飞驶，
众人鼓噪，谁也不落后，喧闹的声音
过后，那峭壁间响起了清脆的回声，
光秃秃的树杈和身披冰甲的岩石

也像铁器般发出叮咚声；这方丘陵
传出了陌生的声音，汇入这场喧嚣，
声音凄厉，众人听见，而群星在天
东边醒目地眨眼，西边天际
一抹橘红色的晚霞逐渐消逝。

（以上选自第一卷“引言——童年和学童时代”）

啊！再一次给我们那顶幸运的如愿帽

啊！再一次给我们那顶幸运的
如愿帽，还有那件隐身上衣，它们
分别属于杀巨人者贾克，罗宾汉，
还有萨布拉，在森林中与圣乔治一起！
那孩子，他的爱在这儿，至少，确有种
珍贵的收获，那就是他忘了自己。

我们后来时代的这些非凡工匠，
他们用宽广的大道，向那未来的
不羁的混沌状态架起一座旱桥，
驯服地听从指挥，他们有技巧去
处理书本、事情，并使之对幼弱的心
起作用，确实如同太阳对待

花儿那样。我们时代的看守人，
各个学院的导师和院长们，
先知先觉的导师和院长们，
先知先觉的圣德们能够驾驭
一切突发事情，正是他们修建的
这条道路要将我们困在底层
就像引擎。何时他们的专横才学会
在这世界不可理喻的进展之中
以一种明智的精神作用于我们，
一种比他们更锐利的目光，更大量的
祝福，更加注意我们的利益
即使像在我们最无成果的时辰？

从前有个男孩：他们熟悉他，在悬崖
和温南德尔的群岛！——很多时候
在黄昏，当最早露脸的星星开始
沿着一排排小丘的边缘移动，
上升或是下沉，他总是独自在
树下或站在波光粼粼的湖旁，
在那儿，十指交叉紧握，两只手
掌心紧贴着掌心，高高地噘起了
他的嘴唇。他，活脱脱像一件乐器

对沉默的枭鸟吹出模拟的鸣声，
它们也许会给他回音，也许将
叫声穿过积水的山谷，继续高鸣，
对他的召唤做出响应，用颤声、
长长的呼喊和尖叫，招来巨大回声，
回声反复响应，汇集成为震耳的
欢乐的轰鸣，然而长时间的沉静
来临，阻碍着他最佳的技巧表现，
有时候在一片寂静中，他倾耳
细听。略略惊奇所引起的轻微震动
将山洞洪流的声音深深地带进了
他的心灵；或者是那看得见的景致
冷不防地进入了他的内心世界，
带着它一切的庄严意象，它的岩石，
它的树林，还有那变幻的上天被
接纳在那平静的湖水的胸中[①]。

这孩子被带离他的伙伴，童年
时代夭亡，那时他还不满十二岁。
是他的出生地，村庄小学的上边

① 在最初的几个版本中，这个故事是用第一人称叙述的。

山坡上有一片芳草萋萋的墓地，
夏日的黄昏里，当我漫步闲游
穿过这片墓地，我确信在那儿
默然无语地伫立足有长久的
半小时，注视着他长眠其间的墓地！
即使现在我的想象中清楚地出现
一模一样的乡村墓地。我见她生在
（不久前我们对她欢呼的“女王”）
那绿色的山丘上，将她脚下入睡的
这个孩子忘记，——也忘记了她那
寂静的四邻一片又一片的墓地，
而只倾听那令人高兴的声音，
那声音，从乡村学校往上升，萦回于
她的上下四周。但愿她常见到
像跟我聚在一起的那一帮
年轻小伙子！（说实在的，真容易，
我们可能已经依赖这块文字
和艺术的沃土——可是让它忘却吧）——
一帮真正的孩子：不那么聪颖，
勃勃，胸中交织着爱和恨的感情；
自我评价中常常是乐天知命；
勇猛、多变、耐心、冒险、谦逊、羞怯，

体育比赛中狂热得有如空中枯叶，
尽管做错事情，遭受苦难，常常
在生活痛苦怀疑和恐惧的神秘
重压下低头弯腰，然而在幸福中
从未屈服于这尘世中最幸福的事情
习惯尚简朴，说话道出真情，
愿这些成为他们心灵经常的促进力
愿书和自然成为他们平时的欢乐！
而学问，真正做到名实相符一
不会因权力的丧失而出卖学问！

（以上选自第五卷“书籍”）

这儿我们得停一下

这儿我们得停一下：只让我加上
从我心底的经验里，以及虚心的
最谦卑的感觉，他，在青年时代
是一个在林子里和田野间的
漫游人，与生机勃勃的大自然相亲，
不但在那莽撞的少不更事的时候
被那闪光的诗句，激动得心醉神迷，
如其他人一样；更有甚者，确实

在单单对他自己授予的韵律中，
从大自然和伟大诗人的作品中
接受到知识学问，同时也增加了
经久不衰的欢欣。想入非非的力量
伴随着无影无形的风的运动，
体现在语言文字的奇迹之中：
那儿，黑夜安了家，一大群幽暗的
东西都在这儿显出了变化无穷。
正如一所大厦像他们自己的家，
即便是形式和内涵都被带着
神圣的光的透明面纱所围绕；
同时，通过诗歌的曲折反复，
它们自身表现为可识别的事物，
闪闪发光，却带着并非自己的荣誉。

到此我把从早年生活中得益于
书本之处做出一个简短的记录：
它们后来的影响尚未曾叙述，
可是由于这首诗在我心中所占
的比重看起来要比我原先想象的
更大一些，我可不愿意，在我的
感激之情尚未曾酬答之际

不再作一次进一步的叙述。

（以上选自第五卷“书籍”）

现象——叫你看这些

　现象——叫你看这些
我少年时期曾在牧人中见过，
大自然给予人类的这种圣法，
一个影子、一种幻觉，你去钻那
表面的含义，忽略了事物的精神：
其真谛并非一种运动或本来具有
重要功能的形式，而是一座
木雕或蜡像为你自己所做成，
而你却崇拜他！但向自然之神
和人类之神祝福，事情就这样；
处在我少不更事的眼前的人们
他们确实表现得如此的纯净，
时过境迁，且到达了合适的远方，
因此我们大家在某种程度上
导向知识，无论是什么原，
无论怎么看，那是另外一回事。
在我们的童年，善与恶都一般

飞快地发现，或以为已经发现，
天真的心如何能不失望地活下去！
然而我是双倍地幸运，不单单
在这里，比起多数人享受殊荣，
一种更好的生活也许行在于
我的周围，然而最初我通过
伟大或者合理的目标去看人；
借他们的帮助与他交谈。于是
找到了一种可靠的保护和防卫
去对抗卑鄙的压力，自私的愁烦，
粗暴的态度，庸俗的激情，都在
我们通行的普通世界里从四面
八方拥进。打从这一点出发
我将自己的脸转向真理，开始
具有全神贯注所形成的一种
有利条件，没有这个，那灵魂
便无法接受能带来益处的知识，
她永远不会获得真正的洞察力。

这是真的

这是真的，我们祖国的历史，
与希腊及受欢迎的罗马相比较，
在我们极激动人心的现代记事中
夺去了他们协调的灵魂，礼仪
规范以及熟悉事件的生活，
从未使我有多少欢乐，比起他
和其他有才智的人，我的记事
更少用手法去偏向记录或传统的
外部环境，可是有一种感觉，
伟大的城市中曾做过什么，遭受过
什么，当时正做什么，遭受什么，
仍牵挂我心，能支撑思想的考验：
然而，不管已经流逝去的一切
或者它们正在一去不复返，
这里我与庄严的，权力对话
好似独立的本性。从此那地方
挤满了受孕的胚胎，就像“荒野”
其中曾培育过我最初的感情——
光秃的山和谷，满是洞穴和岩石，
僻静处万籁有声，湖水滔滔，

回声和飞瀑，还有尖尖的悬岩
触着吹过的风化成了音乐声。
这里当时我年轻的想象力未发现
不相宜的成分：能够在新的
对象中服务或者发号施令，
即使如内心因素可能需要，
来提出理性的其他多虑的进展
其结果曾是仍有更多人性的
崇高观点。非邪恶亦非罪愆，
来自身心经历的堕落过程，
也非一切不幸福强施于我眼前，
不幸未轻易过去，但有时更富
感情地审视，可推翻我的信任
对我将成为什么人，包括我曾
忽视的信仰，曾被错误地传授，
一个隐居人带着虚骄的狂妄
曾被感悟，于梦中向四周走动。
从那些可悲的情景反躬自省，
瞧！万事都曾是真正的神圣，
保留了每一种纯净未被践踏，
而更加光辉，由这种不详的忧郁
出发，这种反抗结果唤起了

亚当的心灵，然而处于极乐园，
虽说从极乐之下，从东方他看见
一天中午的黑暗，早晨的阳光
在两边云彩中更灿烂，它将那
蓝天全抹上一层炫丽的白色
慢慢带着满天的东西往下落。

还加上，在那巨大城市里的
芸芸众生中人们经常看得到
出现感人的事情，比起别处来
更有可能，那就是人的团结，
一种精神超越无知和罪孽
主宰一切，在善良和邪恶心中
一种辨别力判断是非，如肉眼
仰望太阳的光辉，当灵魂受到
崇高思想的推动，无论从何处
允诺团结或共同享有，以纯洁的
极乐源泉，并且依靠上帝，
于是从很早开始，啊朋友！
我的思想一步一步地为人类
所吸引，还有人类生活中的
善与恶：大自然引导我向前进：

常于“繁忙的喧嚣中[1]”我好似独自
旅行无须靠她的任何帮助，
就像我已经把她忘却；然而不，
在我习惯的思想上人类世界
不会超过她的；那爱的规模，
虽说日日在填充，但比起她那
非凡的目标所在，仍嫌太轻。

（以上选自第八卷“回顾——由爱自然进而爱人类”）

平静的西风卷起巴士底的尘暴

平静的西风卷起了巴士底的
尘暴，我坐在户外的阳光之下，
从废墟当中捡起了一块石头，
放进口袋留作纪念，假装
热衷于政治活动；然而，老实说
我在寻觅我不能找到的东西，
激情比我感觉的还要强烈；
必然，各种新奇的事物开始时
都会扣人心弦，然而依我看，

① 引自弥尔顿的诗《快乐的人》。

这情景只是补偿游客的辛劳；
勒布伦[1]所绘制的“马格德林”[2]却更加动人，
一幅精制的美女像，头发蓬松，
秋波频送，面容显得惨淡、
苍白，洒满了流不尽的泪珠。

　但从此以后，我赶忙到我更永久的
住所去；在那里，由于语言的不同，
生活方式、习惯和举止容貌，
日常的衣着款式种种的新颖，
一切都引人入胜，逗人快乐；
在各种冲动中，我漠不关心地伫立着，
几乎像温室的花朵，无忧无虑，
安详自若，或像客厅里的灌木，
在平平安安的日子里伸张枝叶，
而每棵矮树、大树，乃至全国，
正在震撼到根基：我漠不关心。
似乎也奇怪：但是我不具备
必须掌握的知识，我蓦然闯进了

① 勒布伦，路易十四世的宫廷画家，综合艺术导师。

② “马格德林”，原为一罪恶淫荡的妇女，后悔罪而得救，载于《圣经·路加福音》第八章第二节及第七章第三十七节。

一家戏院，整个舞台一片
繁忙，尽演出一些激进的节目。
像其他观众一样，我浏览，但有时
又细心阅读当天的主要剧目：
我不想这种一知半解的见识，
通过言谈或评论时局，在这块
贫瘠的土地上任意蔓延；却没有
读过一本历史书，足以说明
社会权力的主要机构在哪里
诞生，之后又转到哪一个国家，
又怎样变得完善并形成一种
体制及机构：我对一切的认识
都是模糊不清或支离破碎的。
热情已消失，兴致不复存。而且，
那时候，第一次社会风暴已过，
外面实施暴力行为的强手
都已关进寂静的监牢。对我
而言，不愿谈及这么伟大的
主题（虽然我又不得不谈），
因为我无足轻重；夜复一夜地，
我常去那些堂皇的场所，碰见
来自城里高贵门第的常客，

他们拒绝俗流，自成社会，
精于诗文，讲究礼节；因此
或由于更深的原因，谨小慎微，
不谈时局，无论好坏，一律
避免；这是一种限制，令我
厌烦，我逐渐离开了这些人群，
进入一个嘈杂的世界，不久
就成为一名爱国者[1]；我的整个
心灵都属于人民，我热爱人民

（以上选自第九卷“居留法国”）

但是更痛恨绝对的专制

　但是更痛恨
绝对专制，一人的意志变成了
众人的法律，更恨他们无比
骄横，享有种种不公正的特权，
站在君主和人民大众之间，
为君主效劳而不为人民，我对
他们的憎恨日益增加，掺和着

① 爱国者，指共和主义者。

怜悯和爱；爱的是不幸的大众，
对他们寄予希望。有一天我偶然
看到一个受饥饿折磨的女孩，
拖着沉重的脚步，缓慢地跟在
一条小母牛之后，她的臂上
有根绳子系着它，那牛在小巷里
到处觅食，女孩苍白的双手
忙着织毛活，然而心神不定，
孤单凄凉，这情景激动了我的
朋友，他说：“正为了反对这类事
我们才战斗。”我和他一样相信
现在流传着一种仁慈的精神，
什么也阻挡不住这精神，这样的
悲惨和贫困会在短期之内
不复存在，我们将看到大地
顺畅地实现它的愿望以报偿
温顺、卑微、坚忍的劳动儿女。
一切变为合法的排斥人民的
规定要永远废止，浮华的典礼、
淫逸的制度、残酷的权力，无论
谁建立，独夫或寡头，一律要消除；
最后，重要的至高无上的就是

要让人民用他们强大的手
制定自己的法律；从此便开始
人类的美好日子。且不谈这些
仅凭着这一点信心还是不足以
激发人们的动机去永远关心
人类的幸福，是吗？从今以后
不根据法律命令所执行的监禁
应该废除；要公开起诉和听取
众人的意见然后做出判决，
并且当众惩罚，但人们要能
自由地呼吸，人的思想也无所
畏惧，从这个高度我不会屈从于
更谦卑的事情，它常常阻碍我们的
思想和交谈，阻碍群众活动和
知名人士，阻碍胸中激起的
热情，有如变化无常的风势
把一些经历或报告吹送给我们；
我倒是愿意重讲下个故事，
是我的爱国朋友讲过的悲伤事，
证明这故事深深地扎下了根子，
古老的大树，枝叶张开得多广阔，
它。有如致命的祸根，卑鄙，

邪恶的耻辱，法兰西感到厌倦的[①]。

啊！希望和欢乐的愉快行动

啊，希望和欢乐的愉快行动！
因为强大的援军当时就站在
我们一边，而我们因爱而坚强！
在那个黎明活着就是极幸福，
而青春才真正是天堂！啊，岁月，
在这里，琐碎、陈腐可怕习气的
风俗，法律和制度一下子像是
吸引整个国家的传奇色彩！
当理智之神也竭力施展魅力
似乎这成了维护她的权利的
上乘之策，那是最易于推进
那以她的名义开展的事业！
不单几个特选的地方，而全球，
充满美好的希望——那一切会将
（像某些时刻在天堂的花园里

① 《沃德雷科和朱莉亚》在1820年单独出版后，该故事就从《序曲》中删去了，尽管比他自己和安尼特·瓦伦的经历更富于戏剧性，更悲惨，这个故事被认为是华兹华斯本人的经历，因此他不便直言。

也曾强烈地感到就是那样）
希望的玫瑰置于盛开者之上。
什么气质的人会对这新景
唤起想不到的幸福？沉静的人
奋起了活泼的天性欣喜若狂！
他们的童年充满了各式幻梦，
幻想中的玩伴，他们将一切
敏捷、深思以及健壮的力量
为己所用，——他们以君临的姿态
周旋于感性最堂皇的对象之间。
处置在那里发现的一切事情，
像是处在某种潜在的权力中
去运用；——他们也是性格温和
注视过各种细微的变化，尽力使
自己的思想适应，更温和的计划家
从不逾越自身和平的天性，
现在这两种，谦虚和高傲的人
都找到了可以任意支配的帮手，
拿到可以任意塑造的材料，
叫来施展他们的各种技能，
并非乌托邦，——也非地下活动场——
或某个秘密海岛，天知道在何方！

可是就在这世上——那是我们
大家的世界，——那地方，到头来我们
找到了快乐！要么就一无所有！

我干吗不该承认那时的“地球”
对于我是怎样一种遗产，新到的
就像是初次访问之时，对一个
远方的来客发现回到了家乡？
他到处环游观看那个地方
心情激动，塑造后又重新塑造
对那些不合适之处颇感不悦，
看到它们消失该多么欢快。

（以上选自第十一卷“居留法国续完”）

而今，轮到他们成为压迫者

而今，轮到他们成为压迫者，
法国人已经把一场自卫战争
变成了征服[1]，看不到他们曾经
为之奋斗的事业：现在在光天

① 1794—1795年法国入侵西班牙、意大利、荷兰和德国。

化日之下公开表明，自由的
尺度已上升。我看到她的厄运，
愤怒又烦恼，充满失望的痛苦，
可并不灰心，对于虚伪的预言家
也不沉湎于羞耻。当怨恨增生
尽力隐藏，什么也不能医治那
对专横屈辱的创伤。我更坚定地
坚持古老的信条，同时去证实
他们的心情，更压抑，这样，在那
激烈的争夺中，意见确实每天
成为推断，直到紧紧缠绕着
我的心，如同它的生命，不再是
当年那个真正不朽的灵魂。

　时辰已到，当一切都倾向于
飞快地堕落，投机取巧的计划——
允诺将“人类”的希望与他们的
感情脱离，以便由此永远地
固定在一种更为纯洁的成分中——
迅速受到欢迎。诱人的领域
让“热情”进入并且再度旺盛，
那儿激情有表现自己的荣幸，

可是听不见叫自己名字的声音。
然而，讲更多的博爱，那梦想
使年轻人高兴，极端喜欢，一点也
没有使我们的“理性”本身成为
它的热情目标。何等的高兴！
多么光荣！在自知和自律之中，
去看透整个世界的脆弱无能，
同时，用一种熟练的决心去摆脱
自然、时间和地域的怯懦消沉
在个人“自由”上建立的社会“自由”，
那个，比盲目限制普遍的法律
更为优越，以师长作风采用了
一个指路标，四周环境的光芒，
闪现在一种独立的才智之上。
这样，期望又重新出现；而希望，
从始发地被赶走，再次变得自豪，
常常是，当我的思绪转向人类，
我蔑视冷漠；可是，燃烧着对于
可靠智力的渴望，但却厌恶
其他的追求，我求索，看起来像是
更加高尚的本质；希望人类
开始跳出那世俗的可怜虫状态，

尽情展开那自由的双翅飞翔，
成为自我的主人，欢乐无干扰——
具有高尚的抱负！然而我感觉到
（由更有价值和更明智的思想支撑）
雄心壮志也绝不会中途停止，
感觉到；我们正在返回正道。

（以上选自第十一卷“居留法国续完”）

山地的孩子

山地的孩子，生长在牧童之中，
还未曾熟悉古典作品之前
我学会了梦见西西里，看啊，
那阴霾，它，只不过一瞬，在你的
命令下加深，在她的命令下消散；
愉快的前景，从她的海岸飘送，
掠过我的心田：在幻觉中我看见
她的海带着笑，一度欢乐的山谷，
我的舌头也无法说出属于
那座光荣海岛的赫赫大名，

哲学家或游吟诗人，恩培多克勒[①]，
或阿基米德[②]，纯粹的心不在焉！
这可不能减轻我心头的悲痛：
还有啊，忒奥克里托斯[③]至今还有些
流传在天上人间的完美诗篇，
靠他们的才能，优美或伟大，为他们
所具有，如你所说古代为他们
造成的奇迹；是呀，并非不感人，
当想起我自己的亲爱的朋友，
我听到你讲述蜜蜂如何用蜜汁
喂养神圣的科梅狄斯[④]，被他邪恶的
主人关在柜中：他们如何来到，
从鲜花盛开的园林或田野汲取，
在那儿喂养他，活着，月复一月，
因为那牧童，有福的人！嘴唇上
沾有缪斯的琼浆。
　　　　　　　　于是我用这
　　安静的炉旁来减轻我的忧伤，

① 恩培多克勒（约前490），希腊哲学家，在埃特那山顶火山口自杀。
② 阿基米德（前1287—前212），希腊物理学家。
③ 忒奥克里托斯（前310—前250），希腊人，牧歌创始人。
④ 科梅狄斯（444），是忒奥克里托斯《牧歌》中的人物。

同时也发现了上千个丰满的形象，
欢呼我爱的和我自己的想法。
我们的祈祷被接受；你会站在
埃特那山巅高出地面和海洋
得意扬扬从被占的天空赢得了
无边的思想，壮丽辉煌的图案
配得上调着自己竖琴的诗人们
在山林或有回声的岩洞，为英雄
的修炼；或者，表达对神明的尊敬，
庙宇中，受贤明牧师的推崇，处女
唱诗班头戴花环。那些庙堂
并非全无用，那儿它们的废墟里
仍然存留着灵感，将会吸引
你的孤独的脚步；而在那边缘
你会依靠乡村的阿瑞托萨喷泉[1]
或者，如果那喷泉不再是真的，
那么，在其他泉水近旁，它，用你
祝它的名字，心甘情愿地受骗，
我看到你流连，一个快乐的信徒

① 阿瑞托萨（一译阿列苏莎）喷泉，是锡拉库萨湾奥特基岛上的喷泉，见雪莱的长诗《阿瑞托萨》。

而不是一个渴望归家的俘虏

（以上选自第十一卷“居留法国续完”）

啊！“大自然”的“灵魂”

啊！“大自然”的“灵魂”！卓越而美丽！
它确曾为我欢欣，而对它我也
从幼年便感到高兴，在风和那
汹涌波涛的面前，在小丘四周
那光明和黑暗以壮丽的幻景
交替前进和后撤，对它的“多姿”
我天天晋谒，时而全心注视，
时而倾听；但从来都久久牢记
在心，还有人的未施展的才智：
啊，“大自然”的“灵魂”，它，由神圣的定律
支持和制约，仍然实在地洋溢着
充满激情的生活，走在地球上的
是多么虚弱的人！我是多么虚弱
当你充满了力量！非由那证明
玩忽职守和头脑笨拙鲁钝的
人类所受苦难的打击，由于
一意孤行：在无谓的欢乐中，

时而厌恶，时而感到很高兴，
用假冒的艺术规则去变成
超越一切艺术的事情，尤甚者
——如此虽受年长的强烈影响，
却从未成为我的习惯——屈从于
对各种现象之间进行比较
过分集中精力于表面现象，
使自己满足于那些微不足道的
新奇颜色和比例，而对时间和
季节的变迁，地方的特征和风气
感觉茫然。爱仅仅如此静坐
进行判断也不会打断我的
更深刻的感觉，可是另一个原因，
更难捉摸更不易加以解释，
几乎就像是与生俱来的遗传，
身体和心灵都处于双重状态。
我说的是回忆起有一段时间：
肉眼在生活的每一阶段都是
我们各种感觉的主宰，它在我身上竟
获得如此的力量，使我的心常受着
它的统治，高兴的事是这里
开始讨论更为深奥的论点，

我能尽力去揭示那种方式，
“大自然”特意用这种方式去阻止
这种暴政，召唤起一切感官
互相对抗，并且和自我对抗，
从而使他们全体，和全部熟悉的
事物，一个接一个地相继达到
“自由”和“权力”伟大的最终目标。
而我们却离开了这目标，致使我的
欢乐，一如既往；被不倦地寻求。
强烈的激情，强烈却并不深刻；
我一丘一丘，一石一石地漫游，
仍然渴望着各种新形式的结合，
新的快乐，更加开阔的眼界，
为大自然本身的天赋而自豪，并乐于
使内在才能全处于休眠状态
在顺向和逆向转变之中，我们
复杂的自身斗争和各种考验，
随着我们的成长上，似难免那种
理性的束缚。我认识一位少女[1]
年轻的热心人，她逃避这些束缚

① 很可能是玛丽·赫钦森。华兹华斯1820年和她结婚，但也可能指诗人的妹妹多萝西。

她的眼睛不是她的心灵的主宰；
消极的体会远不能描绘规律，
或是无聊地干涉细小的事情
困扰她的心：然而，女人虽聪明，
但到适宜的环境对她们有利时，
她便欢迎已到手的，而别无他求：
无论她的眼前发生了什么事，
总是最好的，对于那她用生活
之中宽厚的单纯加以协调，
通过一种灵魂的完全幸福，
使各色各样的感情都处于这种友爱
之中，使他们每件事都感快乐，
树荫中的鸟，青青草原上的羊羔，
只要能认识她，我想都会爱上她
本身能感觉到的温馨甜蜜，
花朵、树木，即使是静悄的山丘，
和她寻求的每件东西，对于这
和世间一切生物，她都怀着
一种亲切的感情。上帝欢喜
这种人：因为她的共同思想
是虔诚，她的生活是感恩。

（以上选自第十二卷“想象力与品位如何受到损害而又恢复”）

我们生命中存在的时间之点

　我们的生命中存在时间之点，
带着明显的重要意义还保存
一种更新的效能，由此而被
伪说和有争议的思想所困扰，
或在任何更沉重更致命的负担，
在琐碎事务中，以及处于一般
社交环境中，它们就给我们的
心灵提供养分，并暗中修补；
这一效能，可增加人生的愉快，
它深入，并使得我们向上，攀登，
高的，更向上，跌倒了爬起再登。
这种灵验的精神主要藏匿在
人生的某些片段中，它们提供
最深刻的学识界限以及如何
使心灵成为主宰——外界的感觉
是她意志忠顺的奴仆。此时刻
到处都散布着，它们最初开始
是在我们的童年。我清楚记得，
有一次，当我那缺乏经验的手
几乎掌握不住缰绳，都寄以

过高的期望，而我们驰向山丘。
我父亲屋里一位可敬的老仆
跟随着我，鼓励并引导我前行；
我们没走多远，突然很不幸，
我俩失去了联系，然而，我害怕
下马，便策马直下那崎岖多石
的沼泽，这么摇晃着前行，最后
来到了底部，那儿过去曾有过
一个杀人犯被绞死在铁链上。
绞架的横杆已经崩塌，骸骨和
铁盒都不知去向，可是草地上，
在近旁，行刑后不久记载了事迹，
不知名的人刻上杀人犯的名字。
纪念碑似的字母在很久以前
刻就；可仍然，年复一年地过去，
出于四邻居住人们的迷信，
杂草被铲除干净，到此时此刻
那字迹仍然如新刻历历可辨：
随便一瞥即可见到，我逃逸，
脚步踉跄又昏眩、无暇择路跑；
随后，再登上光秃的公有地，看见
山丘下有一片草木不生的池塘，

山顶有灯塔，同时，在更近之处，
有位姑娘，头上顶着一个大水罐，
看来她顶着风往前走似乎
举步艰难。这只不过是，说实话
这景象很平常；可是我都需要用
人们尚未知道的颜色和辞藻，
来描绘这种处于梦幻中的郁闷
当我四处找寻失去的向导，
它，笼罩着荒原和光秃的池塘，
那灯塔居高临下俯瞰山丘，
这姑娘和她的衣裙随着强风
飘飘荡荡。那时，就在那初恋的
幸福时刻，恋人就在我身旁，
我漫步，天天遇到这种光景，
在光秃的池塘和灰暗的巉岩上，
在那忧郁的灯塔上面，降临了
欢快情绪和青春金色的闪光；
难道你不认为，回忆起这些
和它们留下的力量，带着更加
壮丽的光辉？就这样万千思绪
涌上了心头，各种不同的力量，
伴随着我们，只要我们曾坚强过。

啊！人类的奥秘，从什么深度
开始你的荣誉。我惶惑，但看见
天真的童年里有着你的某些
伟大存在的基础：可是我感到
它出自你的本身，而你必须给出
否则永不会接受。往昔的时光
几乎从生命的曙光开始时就回到
我身旁：人的力量藏匿的地方
开放，我想接近，可门已关上。
于今朦胧中我看见，当年岁增长
可能完全看不见；而我愿说出
当我们仍可以，只要语言能表达，
我对本质和生活的感觉，神圣化，
这就是我的希望，将来恢复
“往昔”的精神。——然而还有这些个
记忆中的另一个：——
　　　　　有一次圣诞节，[1]
这些欢乐的假日中欢乐的前夜，
发热、疲倦，又不安，我出门走向
田野，对那些牵着备用小马

① 圣诞节，指1783年圣诞节。

要驮载我们归去心感不耐烦；
有我的兄弟，我自己。有座巉岩，
它在两条大道交汇之点
直上，俯瞰着远处延伸的两条；
那儿，我犹豫，不知道哪条道路
寄托我的希望，那时，我定神
像个守望人，登上了山巅，那天
风大，阴沉，又狂暴，在那草地上
我坐在一堵光秃的墙边去避风；
我右边蜷伏着一头孤零零的羊，
左边却有一丛枯萎的山楂，
这两个伙伴在我的身旁，我坐着，
睁开双目使劲瞧，因为雾霭
使得下方的矮树林和平原
若隐若现。我们未返回学校，
那个无聊的时光，我们暂住在
父亲的屋子里，十天之前他死了。
我和我的三兄弟，都成了孤儿，
送他的遗体进坟墓。这件大事
连同它带来的全部悲伤，出现了
一种惩罚；而当我回忆起很久
以前的那一天，当我从那巉岩

面对着那样一种焦急的渴望；
带着老一套对于道德的反省，
却处在最深的激情中，我向“上帝”
深深鞠躬，他纠正了我的欲望；
到后来，那风和着夹霰的雨，
以及人地万物中一切的一切，
那孤单的羊和那株枯萎的树，
那堵石墙发出的悽怆的音乐声，
树木和流水的喧嚣，以及笼罩在
两条大道旁边的薄薄雾霭
现出了无可争辩的实在形象；
所有这一切类似的景物和声响，
我常常碰到，在那儿我会从一处
喷泉中饮水；并且于冬天和夜晚，
一直到正是这时候，当暴风骤雨
敲打着屋顶，或者，有时在中午，
当我在小树林中散步，那些大树，
夏日里变得枝叶扶疏，在那
强风中摇曳，某些精神的作用，
某些内心的激动，于此时形成，
无论何种作用，无论在他们
采取的道路中是否欺骗思想，

或使空虚的悠闲富有生气。

（以上选自第十二卷“想象力与品位如何受到损害而又恢复”）

持久的和转瞬即逝的都用来将他们提高

持久的和转瞬即逝的都用来
将他们提高，他们以最小启示
建立起最大的事业；永远警觉
愿意工作，并且还注意锻炼，
他们无须与众不同的号名
来唤起，他们生活在这个世界，
出于明智的印象而非沉迷，
却用他们加快的动力更敏捷地
去和精神世界合适地对话，
同时也和人类的世世代代
遍布永远，过去、现在和将来，
一代接一代，直到时间全消失。
这种心情实在是来自“神性”，
他们是力量；因而是肉体能感知
的最大快乐属于他们——他们是
神的感觉，习以为常地灌输，
通过每种形象和每种思想，

由交流而来的一切钟爱之情
起自地上到天堂，凡人到神圣；
因而给灵魂永无休止的占领，
无论是推论还是直观的论述；
因而有日常生活行动的欢乐
有先见之明的情绪无须恐惧，
最强烈的时候也最值得信赖。
因此，罪恶之中，使我们心碎的
烦恼和冤屈——若这《圣经》的话
可以以适当的尊敬用上——超越
理解的那种安宁，于今存在于
道德评判中，从这一纯洁的来源
它必定到来，否则人们将徒劳。

（以上选自第十四卷“结论”）

这精神的爱既无行动也不能存在

　这精神的爱既无行动也不能
存在，若是缺乏想象力，说真的
这不过是绝对权力，最高洞察力，
心灵丰富宽广的另一个名称
以及理性处于最崇高的状态。

这一天赋一直是我们长期
劳动的源泉，我们从隐蔽的山洞
追寻着溪水，在彼处隐约听到
潺潺流水声，跟着它走向光明
直到天明；循着“大自然”诸方式
伴随着它的路径，有一段时间
因它藏匿在迷蒙中从而看不见，
当它又一次汹涌流过向它
致意，从它平静的表面反映出
人类的成就和人们生活的面貌；
而最后从它的前进我们吸取了
对生活的无限信念，对人类、永恒
和上帝那种历久不衰的思念。

　想象曾经一直是我们的主题，
因而也具有那种智力的“爱”，
因为它们互生，不能够分离
而存在，——你必定在这儿，啊人！
靠自己的力量，此处无人帮助你；
你在这里保持着独立，其状况
别人无力将这工作与你分离：
没有另外的人可以来插手

去造就这种能力；它属于你，
基本的、极端重要的原则属于你，
存在于你那本质的深处，远远
不是外部的交往可以触及，
否则全都不属你。可欢乐属他，
啊，欢乐属于他，他播种，于此地
为自己奠定了往来岁月的基础！
为一切友情一切爱，能够做到的
一切可爱的面容所能表现
或者可爱的话语，使人完满，
臻于完美，留下他内心的缺陷，
一切属于他：而他的灵魂往上
升华到理智感觉的那种高度
将无须更谦卑的温情；他的心
有如慈母的心肠那般体贴，
他的生活将充满女性的温柔，
充满谦逊的爱和超凡的心愿，
适度的兴趣和最高尚的同情。
双亲的孩子！我灵魂的姊妹！
最真诚的诗中感激之情曾在别处
为一切早年从你处吸入的柔情
倾吐过：而且，真是一点不假，

后来的岁月也同样归功于你，
因为，虽然有你亲切的影响和
双手的爱抚，开启了童年时代
天才思想的源泉，虽然有了
一切独立的能力我曾在生活中
或在那些力求暗暗地进入我心的
微小魅力的天性中做了标记，
然而，正是对于那逝去的青春
我仍然毫无保留地尊重那种爱，
寻找那种美，正如弥尔顿所说，
令人敬畏，你确实曾经软化过
这过分的严厉，没有你，亲爱的朋友！
我的灵魂，未注意天然的优美，
保持她原有的自我形象太自信
留下了一张太久的严肃面孔。
洪流奔腾而下的岩石熟悉那
云彩，又特别喜爱那些繁星；
可你确在它缝隙里种上鲜花，
挂上微风中摇曳闪烁的灌木丛，
并且教小鸟如何为自己筑巢，
在它的内室之中鸣啭。有时候
当“大自然”注定如此长久留在

我最初的爱恋之中，已经退居
到了次要的位置，乐于变成
侍候贵人的女仆而非她自己。
每天都给它带来一些新感觉
那是对寻常事情的异常关注，
而整个地球都长着这更加
纯洁的人性礼物。你的呼吸，
亲爱的妹妹！曾更温柔的春天，
它走在我脚步之前，从此来了
一个人，她与你从小结下友情：[1]
她来了，不再是一个临时装饰
的幽灵，而是与心在一起同居，
却仍是精灵，被我奉为神圣
去打动那些高尚和卑贱的人，
甚至是一束集中的漫射光线
在千万颗星中照耀得最为明亮，
供给她孤灯光亮的小小萤火虫
伏在带露的草丛中。

（以上选自第十四卷“结论”）

① 玛丽·赫钦森和多萝西·华兹华斯从小就是朋友。

啊！短短几年有益的生活

啊！短短几年有益的生活，
一切都将完成，你将会达目的
你的光荣纪念碑将拔地而起；
那时，虽然（弱到不敢涉真理）
这个时代回复到旧的偶像崇拜，
虽然人类如涨潮般飞快回到了
奴役状态，回到了厚颜无耻
民族全部陆沉，我们仍然会
找到安慰——因为知道了学过的
要知道的东西，富于真正的幸福，
如果允许同样忠实于去实现
更可信任的一天，联合的劳动者
（上天俯允我们这种恩惠）
在上天的拯救之下，一定会到来。
“大自然”的预言，对它们，我们会说
一种持久的灵感，用理性使它
神圣化，用忠诚来祝福；我们所爱；
他人也会爱，我们会救他们怎么办；
要比他所居住的地球更加美
一千倍，超出这种情形之上

（那样，处在人类希望和恐惧的
各种革命中，仍然保持不变）
更高的美感之中，如此它本身
品质和结构都更加非凡神圣

（以上选自第十四卷“结论”）